洞庭两山浮具区　金庭玉柱仙所都

江东八月有秋风

吴中博物馆 编

王瑀 著

沈周
诗画中的
江南

明日临平山下路　多情聊复重回头

举子攀花望月中

流水鸣禽真作乐　落花芳草自成文

冉冉春日落　登登游兴浓

满眼惠山青不到　五弦聊复寄冥鸿

北京大学出版社
PEKING UNIVERSITY PRESS

沈周

字启南，号石田，晚又号白石翁。

南直隶苏州府长洲县相城里人。

生于宣德二年十一月二十一日（1427年12月9日）

卒于正德四年八月二日（1509年8月17日）

右图为沈周八十半身像，明代佚名画家所绘，现藏故宫博物院

目录

007 序言

008 西庄半浸白鸥沙
沈周诗画中的相城故园

030 千载支郎此说经
沈周诗画中的天平山隆池阡

050 尘海嵌佛地，回塘独木梁
沈周诗画中的大云庵

060 长濠春来水如油
沈周诗画中的百花洲

070 可爱云岩日日游
沈周诗画中的虎丘

086 洞庭两山浮具区
沈周诗画中的太湖洞庭

096 北窗最爱虞山色
沈周诗画中的虞山

112 登顿入地中，足与石角斗
沈周诗画中的张公洞

121 西湖归梦有青山
沈周诗画中的杭州

138 惠山怪我昨径去
沈周诗画中的惠山与二泉

150 不须千万朵，一柄足春风
沈周诗画中的牡丹

162 晚翠枝头果，黄金铸弹丸
沈周诗画中的枇杷

171 我爱杨家果，丸丸绛雪丹
沈周诗画中的杨梅

178 仙子新开壶里宅
沈周诗画中的荷花

187 写得东篱秋一株
沈周诗画中的菊花

200 一枝新发状元红
沈周诗画中的考生

214 不远千里钟于公
沈周诗画中的先生

226 笑吞三万六千月
沈周诗画中的中秋

240 后记

编辑委员会

编者按

本书的策划，意在勾勒一个内在且真实的古江南。基于明代大画家沈周的诗文与书画，通过作者的考证与叙述，我们得以回到五百多年前，一观吴门宗师的文化生活。书斋之内，卧游之旅通达古今；书斋之外，人文景观重塑生长。内外之间，博物馆是最好的同游者。

序言

王瑀是我的学生，本是江南人。这本小书极具趣味，基于学术又不流于各种烦琐的考证。笔调轻松，偏向叙述，因为它是写给更广泛的读者的。

作者的文字欲念是想神游江南的。尽管所叙当地名胜和文人故地他都实地去过，但写作地点多在北京，而不是对景写生，相当于画家的默写或书家的背临。在我看来，仍属学者的文字游历之类。

借明代大画家沈周之眼看今日的江南，再看沈周画中和诗中的江南，进而去猜想明代中叶那个生发无数诗画和雅致逸事的江南。沈周带着我们看过去的江南，作者带着我们看沈周的诗画，看今日的江南，并想象昔日的江南，让我们深入理解沈周与江南交映的诗与画。

说心里话，书中谈及的有些名胜旧址，我也不曾去过，借这本书的虚实之境，做了神游和梦游。

是为序。

尹吉男于南粤

2021 年 12 月 29 日

西庄半浸白鸥沙

——沈周诗画中的相城故园

“吴之为国水所涵，有山平衍无巉岩。”[1]这是沈周在一首题画诗中对故乡地貌的描述。江南泽国，鱼米之乡。隐居于此的沈周，对故乡的山水风情有着极深的眷恋。不过，对于自己所居住的相城，他却似乎颇有微词：“我家多水少山处，怅望翠微心所贪。”[2]

相城位于苏州东北，毗邻的阳澄湖如今声名远扬。这里水网密布，不仅如沈周所抱怨的那样没有秀丽的山景，而且“多水”也令人烦恼。比沈周早将近一百年出生于相城的姚广孝（字斯道，法名道衍，号逃虚子）曾说：“相城地最洼，水环其廓，居民多以耕渔为业。”[3]而姚家也因此“无寸田尺土，生计甚踈”，[4]可见彼时相城水多地少的问题便已非常突出。然而，根据吴宽（字原博，号匏庵）的记述，作为本地望族的沈家却能在相城“辟田复其家业”。[5]不过即便如此，沈周对于自家的田地也不太满意：“我家低田水没肚，五男割稻冻慄股。”[6]

相城多水的自然特征，决定了沈周的出行主要坐船。每次去苏州城，沈周都要行舟五十里，“每每独行，把书外惟一睡而已”，[7]一路上“野水孤舟且寂寥”，[8]百无聊赖。（图 1）看来沈周似乎并不太喜欢这样的旅行，但对于那些趋之若鹜前来拜访的文人雅士而言，这不仅不是困难，反而更为便捷——相城居于江南水网之中，“襟带五湖，控接原隰”，[9]四通八达。“每黎明，门未闢，舟已塞乎其港矣。”[10]时人笔下的相城沈家如此喧嚣。

自祖父沈澄（字孟渊）开始，三代人共同营建起沈氏庄园，逐渐打造出一个吴地文人交际雅集的新场所。这个被称为“西庄”的地方，不仅是明初江南地区最重要的人文景观之一，也是后来“吴门画派”的孵化之地。

西庄“有亭馆花竹之胜，水云烟月之娱”。[11]应邀而来的都是本郡的“庞生硕儒”，他们在这里“觞酒赋诗，嘲风咏月”，风雅备至。作为西庄的常客，杜琼与沈澄交往四十余年。根据他的回忆，当年西庄最早的访客们后来大都入仕永乐新朝。尽管沈澄本人也曾获得推荐做官的机会，但他主动放弃，归隐西庄。晚年的沈澄在看到前贤顾阿瑛的《玉山雅集图》时触景生情，遂请雅集参与者沈遇绘制了一幅《西庄雅集图》以纪一时之胜，杜琼为其撰写了图记。遗憾的是，这件画作今已不存。

但描绘西庄的做法显然不是沈澄的心血来潮。在更早的宣德二年（1427），他就曾邀请好友谢晋（字葵丘）进行过相关的创作。据沈周记载，当年的二月三日（2月28日），谢晋应邀重访西庄，并在临别之际写图赋诗赠与沈澄。[12]

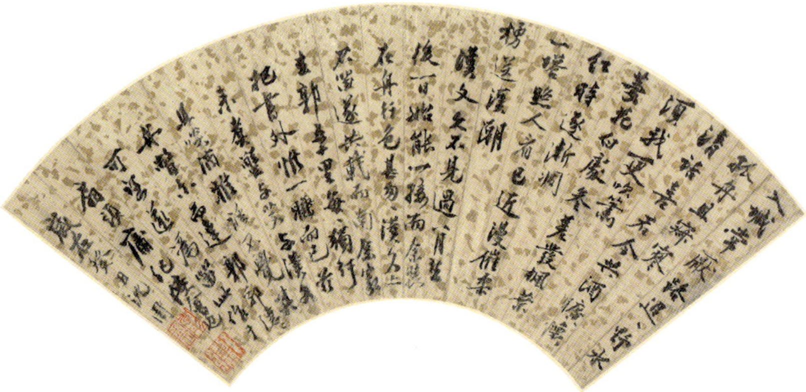

图1

沈周，《为汉文诗》

扇面，纸本水墨

美国大都会艺术博物馆藏

图2　沈周，《为吴宽作山水图》
扇面，金笺水墨
上海博物馆藏

在这件被后世称为《西庄图》的作品上，谢晋写道自己“不到西庄仅五年”，而眼前已是“衡门乔木愈森然”[13]的葱郁景象。他应主人之邀在此留宿了二三宿，切身感受着西庄“风致清幽，爰出尘外”的美好。

就在谢晋绘制《西庄图》大约九个月之后的十一月二十一日（1427 年 12 月 9 日），沈周出生。但他直到五十四岁才得见此作。此时，祖父与谢晋早已谢世。尽管未能目睹西庄雅集的盛景，但由于父亲沈恒（字恒吉，号同斋）为人“平生好客，绰有父风”，[14]家中依然日日宾客不断，使沈周从小耳濡目染，继承了热情好客、结交名士的基因。随着沈周声名日涨，西庄也变得更加令人神往。

天顺七年（1463），二十九岁的吴宽慕名来到这里拜访沈周，此时科举不利的他还不知自己将在九年之后拔得头筹，高中状元。这一年，沈周三十七岁，他留下吴宽在自己的“有竹居”中过夜，从此开启了二人深厚的友谊。（图 2）十五年后的成化十四年（1478）初春，当已经跻身翰林的吴宽应沈周之邀重返“有竹居”时，当年“系舟高柳下”[15]的情景历历在目。值得一提的是，与沈周家的西庄类似，吴宽家的东庄亦是由父辈继承祖业而营建起来的。两相呼应的名字是否会引发初到西庄的吴宽心生亲近之感？历史已经湮没了答案。在京为官的吴宽算不上西庄的常客，但却是西庄和沈周最具影响力的代言人。

“有竹居”是沈周的别业，位于西庄以西大约一里的湖边。这里原本只是沈周耕种之余读书所用的农屋，位置偏僻且少有人烟，但却在主人的精心营建下逐渐演变为庋藏书画珍玩与会客宴宾的“秘密花园”。（图 3、图 4）成化十四年故地重游的吴宽，便曾在这里欣赏过林逋手札、李成与董源的画作，以及商乙父尊等沈家藏珍，迁延数天。先辈们风雅的西庄往事在“有竹居”中得以重现。

图3

沈周，《黄菊丹桂图》

立轴，纸本设色

美国克利夫兰艺术博物馆藏

这件《黄菊丹桂图》作于成化四年的『有竹居』中。

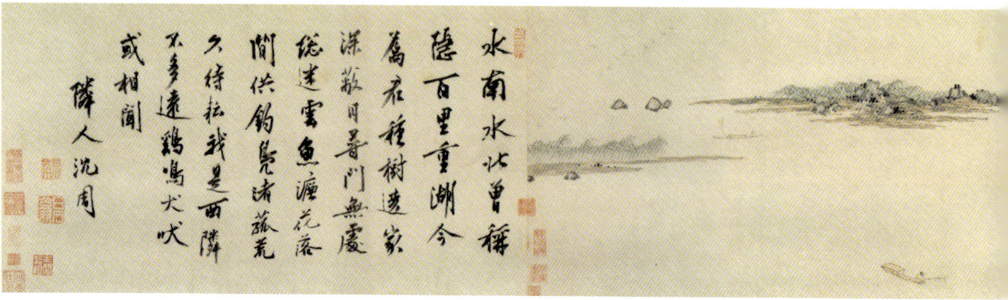
水南水北曾稱
隱百里重湖今
舊在種樹遶家
深蔽日蓽門無處
綠迷雲魚罾花落
閒供釣鳧渚蘋荒
久待耘我是西隣
不多遠鷄鳴犬吠
或相聞
隣人沈周

图4 沈周，《有竹邻居图》
手卷，纸本设色
上海博物馆藏

《有竹邻居图》（局部）

“比屋千竿见高竹，当门一曲抱清川。”[16]现实中的“有竹居”为高挑的翠竹所掩映，周围环绕着溪流与湖泊，这样的场景时常出现在沈周的画中。尽管不同画面所表现的建筑形制各异，既有茅亭，亦有屋舍，还有楼阁，但“有竹”的环境特征总是清晰可辨。（图 5、图 6、图 7）今天，我们难以确知在这些画作中究竟哪些描绘的才是真正的“有竹居”，但显而易见的是，“有竹居”交织着沈周的现实生活与理想境界，不仅成为他作画的主题，更成为他的符号与化身。这些描绘着“有竹居”的画作，曾被作者赠与不少友人，在造访沈宅之后获得主人的赠画，想来应是殊胜的雅事。

图5
沈周，《青园图》
手卷，纸本设色
旅顺博物馆藏
沈周笔下的理想居所旁，都生长着茂密的翠竹。

《青园图》（局部）

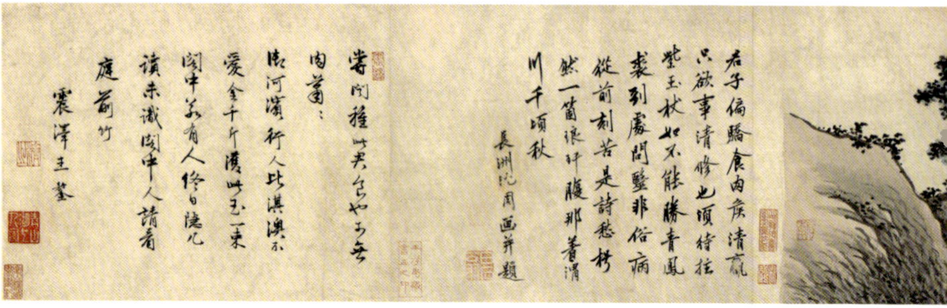

图6 沈周，《竹林茅屋图》
手卷，纸本设色
美国弗利尔美术馆藏

《竹林茅屋图》（局部）

图7

沈周，《崇山修竹图》

立轴，纸本设色

台北故宫博物院藏

沈周的山水画中，时常可以见到为竹林所掩映的茅庐，或许正是现实中『有竹居』的模样，更体现了这位文人内心的理想。

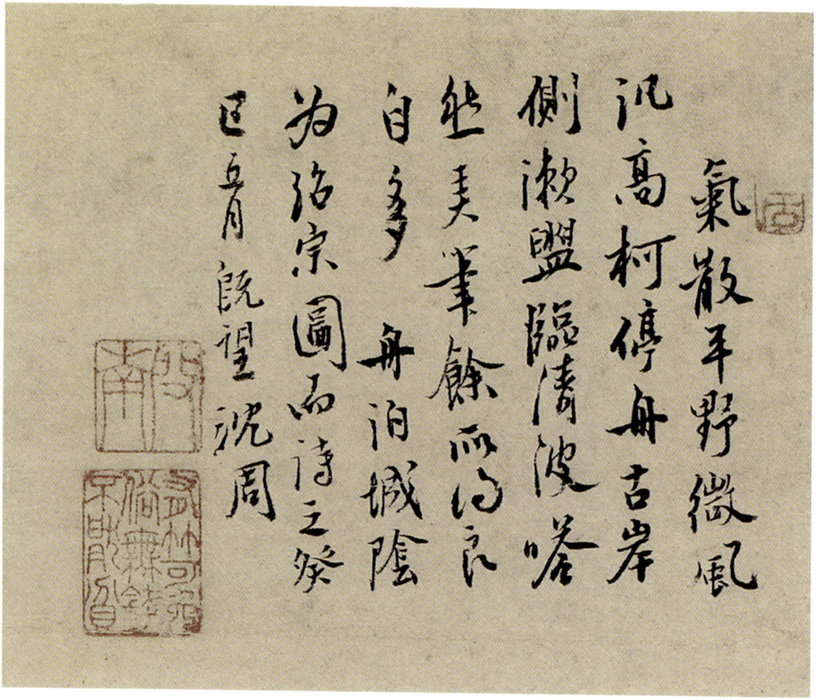

图8 沈周，《仿倪山水》（印章局部）立轴，纸本水墨 上海博物馆藏

“有竹可免俗，无钱不厌贫”，从这枚沈周曾经使用过的印章上，（图8）依然可以感受到主人置身“有竹居”时所怀揣的“如此风光贫亦乐”[17]的文人情愫，而他淡泊质朴的人生观也由此可见一斑。

作为故园，相城西庄是沈周人生与交游的起点。虽然其早已湮灭，但关于它的故事与画作流传至今。作为当时江南内外文人心目中的向往之地，西庄的文化意义早已超出水乡，深远地影响了后来吴门画派乃至吴地文化突破地域藩篱的进程。

注释

〔1〕（明）沈周：《题画卷》，《石田先生诗钞》卷三，收录于《沈周集》，上海：上海古籍出版社，2013 年，第 92 页。

〔2〕上揭文。

〔3〕（明）姚广孝：《相城妙智庵姚氏祠堂记》，《逃虚子集补遗》，收录于《姚广孝全集》，合肥：安徽师范大学出版社，2019 年，第 462 页。

〔4〕上揭文。

〔5〕（明）吴宽：《隆池阡表》，《家藏集》卷七十，据四部丛刊影印明正德本。

〔6〕（明）沈周：《割稻》，《石田先生诗钞》卷一，收录于《沈周集》，上海：上海古籍出版社，2013 年，第 42 页。

〔7〕（明）沈周：《为汉文诗》，原作藏美国大都会艺术博物馆，图版收录于翁万戈编著：《顾洛阜原藏中国历代书画名迹考释·明清》，上海：上海人民出版社，2019 年，第 14 页。

〔8〕上揭文。

〔9〕（明）杜琼：《西庄雅集图记》，收录于《吴都文粹续集》卷二。

〔10〕（明）王鏊：《石田先生墓志铭》，《震泽先生集》卷二十九，收录于《王鏊集》，上海：上海古籍出版社，2013 年，第 410 页。

〔11〕上揭《西庄雅集图记》。

〔12〕（明）沈周：《题谢葵丘画》，《石田先生诗钞》卷六，收录于《沈周集》，上海：上海古籍出版社，2013 年，第 141 页。

〔13〕（清）缪曰藻：《寓意录》卷三，收录于卢辅圣编：《中国书画全书》第八册，上海：上海书画出版社，1994 年，第 920 页。

〔14〕上揭《隆池阡表》。

〔15〕（明）吴宽：《过沈启南有竹别业》，《家藏集》卷五，据四部丛刊影印明正德本。

〔16〕（明）沈周：《奉和陶庵世父留题有竹别业韵六首》，《石田先生诗钞》卷五，收录于《沈周集》，上海：上海书画出版社，2013 年，第 126 页。

〔17〕上揭文。

千载支郎此说经

——沈周诗画中的天平山隆池阡

成化十五年三月五日（1479 年 3 月 27 日），这天是清明，沈周从西庄老家下舟，前往位于苏州城西的天平山一带祭拜亡父。

从西庄行舟到天平山，途经长荡。长荡位于虎丘西北，自西而来的沈周一进入这片水域，虎丘便映入眼帘。时人若立于虎丘之巅，很容易就会注意到东边开阔的长荡，甚或称其面积有“千顷”之广。不过，这片辽阔的水面在仲春之际便已漂满水草，以至于遮蔽了云朵在水中的倒影，但这丝毫没有影响沈周的心情，“湖山四面好，转侧皆可喜”，[1]沐浴着春光，他写下轻快的诗句。（图 1、图 2）

此时已经五十三岁的沈周，对这里再熟悉不过了：“发迹过长荡，识此平生始。”[2]西经长荡，便抵虎丘，亦可进近天平山，更可顺流而下泛舟太湖。一边畅想着这些自己时常造访的吴中胜境，一边欣赏着满目“攒青叠翠，真一画屏然”[3]的景色，舟行便不再枯燥。（图 3）

沈周此行要去的支硎山位于天平山东北，得名于晋代高僧支遁。相传他曾隐居于此，山因其号而得名。同样具有“隐居”家族传统的沈周，对支硎山的故事谙熟于心：“千载支郎此说经，寒泉石涧尚纵横。”[4]“寒泉”是支硎山最重要的名胜，正德《姑苏志》记载：“（支硎山）有石室‘寒泉’，

图1 沈周，《虎丘十二景图》之一
册页，纸本设色
美国克利夫兰艺术博物馆藏

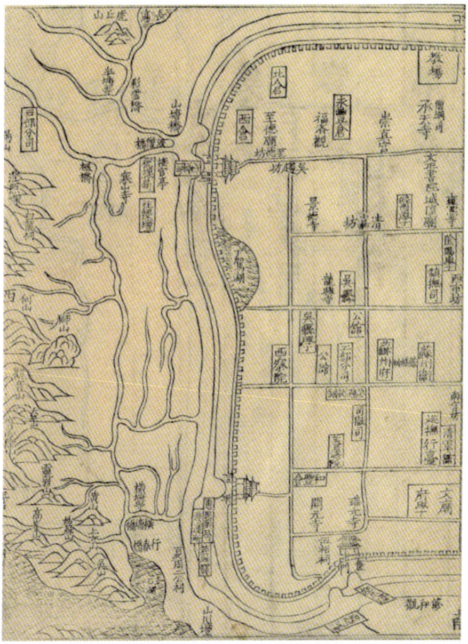

图2 正德《姑苏志》地图中的长荡
书影

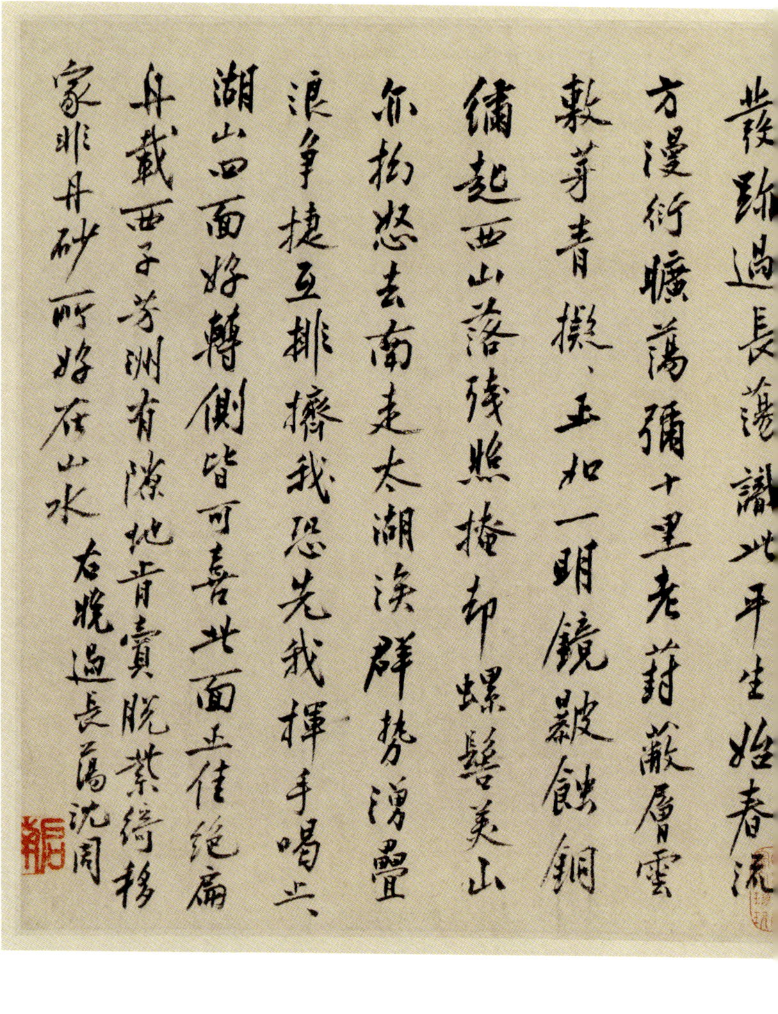
叢跡過長蕩識此平生始春流
方漫衍曠蕩彌十里老葑蔽層雲
數芽青擬擬玉如一明鏡皴蝕銅
繡起西山落殘照掩抑螺髻美山
尔拗怒去南走太湖溪群勢湧疊
浪争捷互排擠我恐先我揮手喝止
湖山四面好轉側皆可喜此面正佳絕扁
舟載西子芳洲有隙地肯賣脫紫綺移
家非丹砂所好在山水
右晚過長蕩 沈周

图3 沈周，《吴中山水册》之『发迹过长荡』
册页，纸本水墨
故宫博物院藏

（支）遁诗云：‘石室可蔽身，寒泉濯温手。’相传（支）遁冬居石室，夏隐别峰也。泉上刻紫岩居士虞廷臣书‘寒泉’二字径丈。”[5]物是人非，面对传说中的隐士所留下的痕迹，沈周充满敬仰：“莺花浪示春消息，水月犹通佛性情。”[6]徜徉支硎山，仿佛这里的一切都沐浴着圣贤的光辉。除此以外，此地秀丽的景色更使其成为沈周笔下时常描绘的对象。（图 4）

事实上，就在成化十五年的清明当日，沈周便曾即兴创作过一件诗画合璧之作。尽管该画现已不存，但从作者“湿云载春山，晴秀怅莫逢”[7]的诗句中，我们还是依稀可见彼时春雨婆娑的山景。（图 5）现存上海博物馆的沈周《天平山图》所绘应是支硎、天平山一带的景色，不过画心之后的大段自题显示其可能作于十年后的弘治己酉（1489）。此时的沈周为疾病所苦，因之笔下的山川恐非即景而作，但其笔法的简练与构图的简约，仍使人感受到他对所绘山水真景的熟稔。尤其是画中两位主人公正坐在一块平整的石面上促膝长谈，这正是天平山顶的特征。（图 6、图 7）

图4

沈周，《支硎遇友图》

手卷，纸本设色

美国弗利尔美术馆藏

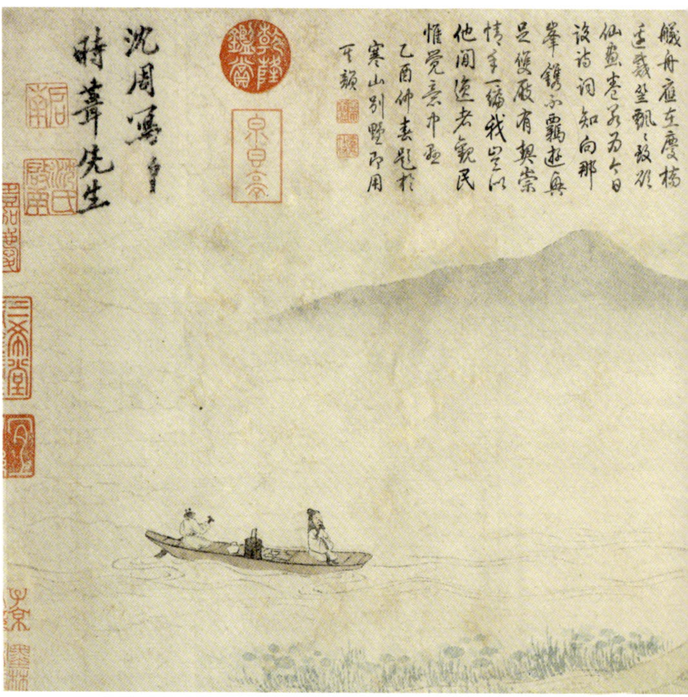

《支硎遇友图》（局部）

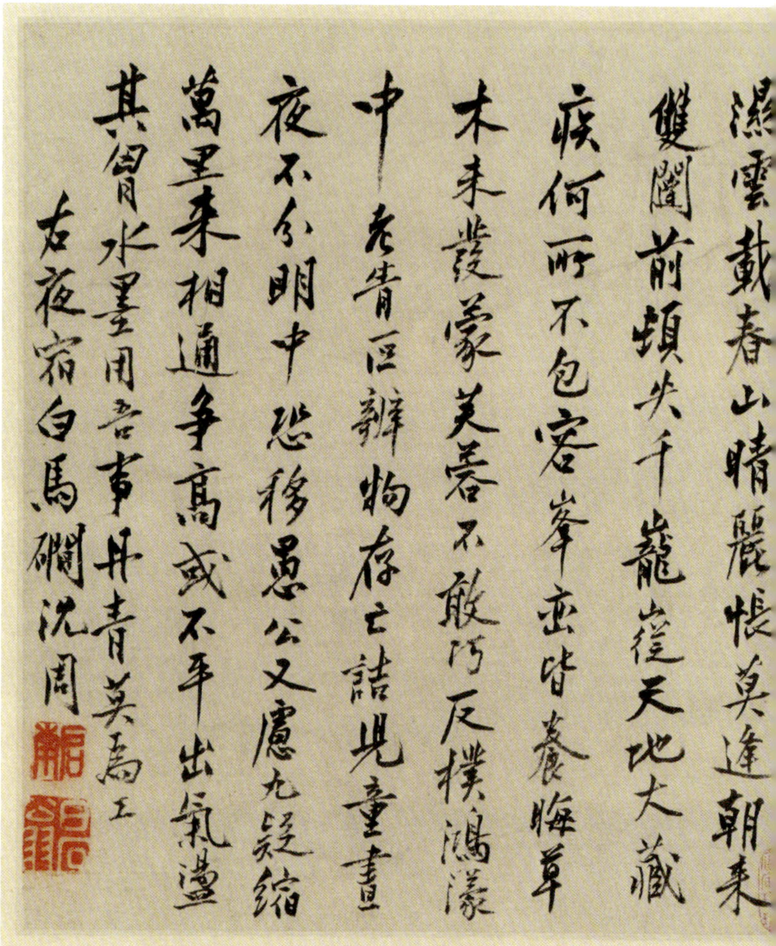
濕雲戴春山晴麗恨莫逢朝來
雙闕前頓失千巃嵸天地大藏
疾何所不包容峯巒皆蒼蒼晦草
木未發蒙芙蓉不敢汚反撲鴻濛
中老青巨辨物存亡詰兒童畫
夜不分明中恐移愚公又慮九疑縮
萬里來相逼爭高或不平出氣盪
其胸水墨用吾事丹青莫爲工
右夜宿白馬磵沈周

图5 沈周，《吴中山水册》之『湿云载春山』册页，纸本水墨 故宫博物院藏

图6 沈周，《天平山图》手卷，纸本水墨 上海博物馆藏

《天平山图》（局部）

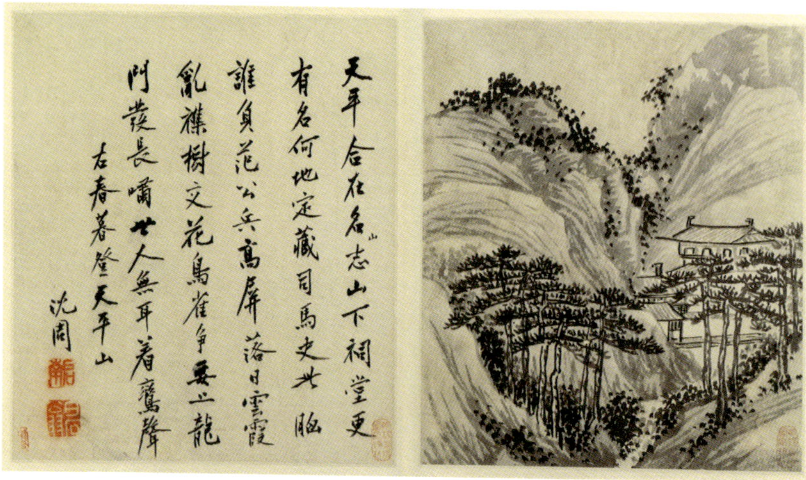

图7 沈周，《吴中山水册》之『天平合在名山志』
册页，纸本水墨
故宫博物院藏

后世的诸家收藏中，还曾出现过一件名为《画隆池阡》的沈氏名作。在明代中期的太仓文人、收藏家王世贞（字元美，号凤洲）眼里，这件作品是沈周“易于文”而不“易于画”的证明。他曾读过沈周在支硎山隆池阡的游记，并提到记中有诗，但沈周的同名画作却过了三百日之后始成。王世贞对此作予以高度评价，当他亲身来到支硎山游历之后，竟“不知视画孰胜也”。[8]

王世贞或已不知沈周来隆池阡的真实目的，但对成化十五年的沈周而言，此地意义非凡。因为，这里是他为安葬父亲沈恒而精心挑选的身后之所。

成化十三年正月三十日（1477年2月13日），沈恒病故，享年六十九岁。这位风雅好客、乐善好施的吴中名士，据说在临终前饱受中风之苦长达六年。这或许与他一直以来不太健康的饮食习惯有关，此人“平生好客，绰有父风。日必具酒肴以须，客至则相与剧饮，虽甚醉不乱。”[9]尽管有吴宽的辩护，但长期暴饮暴食必然对身体造成沉重打击。

父亲殁后，沈周面临“先茔卑隘”[10]的问题。沈氏祖坟位于水多地少的相城，耕地资源本已十分紧张，更不消说建造墓园的土地。除此以外，沈周对老家缺乏秀丽山川的不满，可能也对他决定开辟一处新墓园起到了一定的作用。

为寻找吉壤，沈周花了整整两年的时间，“吴县西山”[11]始终是他的首选。这里的“西山”，并不简单对应今天太湖中的西山，而是自木渎至虎丘一线的山水之地，自然也包含了天平、支硎。（图8）挚友吴宽时常陪伴并见证了这个过程，他说沈周“行数日不得”，[12]这或许亦是《画隆池阡》历时三百日始成的真实原因。值得一提的是，此时的吴宽也刚在几年前失去了父亲。

沈周最终选择在支硎山西南麓的龙池建造墓园。此地“隆然而起”，[13]地势较高，背靠支硎，面朝太湖的方向。沈周甚是满意，顺势将其改名为“隆池”，后来的正德《姑苏志》接受了这个新名字，但今天的人们则又将其称回“龙池”。

成化十四年十二月十六日（1479年1月8日），沈周开始将父亲移葬于隆池阡，直到第二年的正月初三（1480年1月25日）才最终完成迁葬。好友们前来送葬，吴宽受托提前写下的《隆池阡表》被铭刻在墓旁。

图8

沈周，《西山纪游图》

手卷，纸本水墨

上海博物馆藏

由此，成化十五年的祭扫，正是沈周将父亲安葬于隆池阡后的第一个清明。三月六日，祭扫在雨中进行。当晚，沈周留宿在山中。在后来的岁月里，他时常会在清明之际来此展墓，而雨天亦是常见。为此，他曾作诗留念：

清明真见雨纷纷，滴沥林梢杂涧闻。
仰面伤心无白日，低头挥泪有孤坟。〔14〕

由此，隆池阡、支硎山与父亲化身一体，西山新增了一处景观，沈周也多了一份寄情流连的理由。

不过，沈周本人最终未能长眠于自己的心仪之所，而是被安葬于“相城西牒字圩之原”〔15〕——他不仅被葬在老家附近，同时也被葬在没有秀丽山川的水边。驯至今日，莫说沈恒之墓，竟连“隆池”之名亦不复存，只有天平、支硎依旧耸立，无声地见证着一切。

注释

〔1〕（明）沈周：《过长荡》，《石田先生诗钞》卷二，收录于《沈周集》，上海：上海古籍出版社，2013年，第53页。

〔2〕上揭文。

〔3〕上揭文。

〔4〕（明）沈周：《天平山图》拖尾自题旧诗，原作藏上海博物馆。

〔5〕（明）吴宽、王鏊等编：《姑苏志》卷八 山上，据嘉靖增修本。

〔6〕上揭《天平山图》拖尾自题。

〔7〕（明）沈周：《己亥三月六日因雨宿西山白马磵早兴湿云如墨诸山蓊然在吞吐间东坡所谓雨亦奇正此景也因以诗画记尝见耳》，《石田先生诗钞》卷二，收录于《沈周集》，上海：上海古籍出版社，2013年，第54页。

〔8〕（明）王世贞：《石田画隆池阡》，《弇州四部稿》卷一百三十八。

〔9〕（明）吴宽：《隆池阡表》，《家藏集》卷七十，据四部丛刊影印明正德本。

〔10〕上揭文。

〔11〕上揭文。

〔12〕上揭文。

〔13〕上揭文。

〔14〕（明）沈周：《清明隆阡遇雨》，《石田稿》，收录于《沈周集》，上海：上海古籍出版社，2013年，第456页

〔15〕（明）王鏊：《石田先生墓志铭》，《震泽先生集》卷二十九，收录于《王鏊集》，上海：上海古籍出版社，2013年，第410页。

尘海嵌佛地，回塘独木梁
——沈周诗画中的大云庵

相比于明代苏州城内林立的大小寺院，大云庵并不出众，甚至连它的名字，也被当地人与附近的吉草庵相混淆。由于方言的谐音，吉草庵又被讹传为“结草庵”，于是大云庵便成了“结草庵”。沈周直到七十一岁时才第一次来到这里，但这次游历却给他留下了深刻的印象。据文徵明后来回忆，沈周“尝栖息于此”，[1]可见其晚年对此地的喜爱。是什么让早就对苏州城内大小寺院了如指掌的沈周，喜欢上了连名字都被传错的大云庵呢？

弘治十年八月十七日（1497年9月13日），沈周进苏城办事，夜宿大云庵。若从老家西庄到此，需乘舟顺着俗称“葑溪”的东护城河一路南下，自城东南的葑门入城继续西行。（图1）在到达长洲县衙附近的支港后，转向南下，不久便可到达大云庵。

初到此地的沈周被眼前“极类村落间”[2]的景象所惊，满目的“竹树丛邃”令他禁不住感叹置身于“城市山林”之间，惊喜之情溢于言表。沈氏的错愕，一方面来自此地与他之前常去的东禅寺、庆云庵等位于城东及城北的寺院在环境上所存在的反差，一方面也反映出他对南城并不熟悉。大云庵带给他的第一印象便如此新奇而深刻。

更让沈周感到不同寻常的，是大云庵“地浸一水中”的选址。在充满想象力的沈周眼里，四面的水流“环后如带”，将寺院环抱，“其势萦互一曲，如行螺壳中”。吴谚至今仍

图1
沈周，《东庄图册》之『东城』
册页，纸本设色
南京博物院藏
沈周画中的葑门。

有“螺蛳壳里做道场”的说法，形容在逼仄局促的空间环境或者条件下依然别有洞天、游刃有余，沈周这里所赞叹的大概也是同样的意思。不过，对于沈周而言，仅仅赞叹景观的精巧显然不能尽显其才华。一句“尘海嵌佛地”，大云庵“宛在水中央”的独特地理位置便在沈周的笔下具有了深厚的意味，新的文化景观由此诞生。

大云庵这样的地理环境维持了很长时间，直到后来的嘉靖年间（1522—1566）还依然“地特空旷，四无居民，田塍缦衍，野桥流水，林木蔽亏。虽属城闉，迥若郊墅。”[3]

四围的水流在大云庵前汇集为十亩见方的放生池，池中建有石塔两座，分别供奉四大部经目与宝昙和尚的舍利。洪武年间（1368—1398）活跃于苏州的高僧宝昙，是明初重修大云庵的关键人物。不过，他更重要的贡献是重建了大云庵西边的南禅集云寺。

苏城的南禅寺，历史可一直追溯到唐开成年间（836—840）。当年，寺内不仅有千佛堂和转轮经藏，还藏有白居易寄赠的一套《白氏长庆集》。后来，南禅寺湮灭，以至于明初人都不知其所在。洪武二十四年（1391），宝昙和尚特向朝廷奏请将郡学之东的集云寺、大云庵以及妙隐庵合并复建新南禅寺，遂获批准并蒙皇帝赐名为南禅集云寺。作为南禅寺别院，大云庵最终成为宝昙和尚舍利的供奉之所。

成化十二年十月十三日（1476 年 11 月 22 日），一场大火将南禅寺化为灰烬。时任主僧德本历尽十年寒暑，广求施积，方于成化二十二年五月十一日（1486 年 6 月 12 日）完成了大雄宝殿的重建，再迎香火。德本恢复的南禅寺，虽规制不比从前，但他着意打造寺院的新功能——新建方丈室作为与文人雅士交游燕集的场所。这一点颇受吴宽的称颂，他认为此举接续起了南禅寺从创立之初便有文人活动其间的传统。在德本托请其所撰的《南禅集云寺重建大雄宝殿记》中，吴宽不仅提到了唐代的千佛堂经藏，也提到了白乐天寄赠文集的佳话。除此以外，吴宽还特别谈到了另一个人——北宋的苏舜钦。[4]

苏舜钦流寓吴中修建沧浪亭的故实，人尽皆知。吴宽之所以提到他，是因为苏氏所建的沧浪亭旧址便在南禅集云寺附近。而苏舜钦笔下的沧浪，四周“草树郁然，崇阜广水，不类乎城中”，[5]竟与后来的沈周所见无二。吴宽认为，南禅集云寺后的水潭便是北宋的沧浪池。

此时的德本年事已高，他似乎很着急地拜托吴宽完成记文。身在北京的吴宽“心领神会”，在记文的最后专门详述了德本的生平：“本公，字一源，俗出阳湖马氏，而受业于半塘寿圣寺……今年老退归旧隐，而惓惓于兹寺。”[6]德本由此进入历史，今天的我们依然可以通过吴宽的文章知道他当年的功绩。不得不说，这是一个很有“头脑”的僧人，而后来沈周在大云庵遇到的僧人悳(同“德”)茂，也是如此。

悳茂可能是德本的继任。在南禅寺重修大雄宝殿后的十年间，沈周不曾到过此地。其于弘治十年的那次投宿，很可能是受到了悳茂的邀请。当晚，沈周宿于庵内西小寮，月色透过纸窗，难以入睡，遂觅得五言格律《草庵纪游诗》。诗的最后他写道：“乔然双石塔，和月浸沧浪。”[7] 面对遗物与遗迹，沈周充满历史的怀想。

悳茂在得到这首诗后想必十分喜爱，便请沈周誊写下来。后者于是又撰写了内容详尽的诗引。尽管诗名“草庵”，但沈周一开篇就为大云庵正名，认真分析了其被讹传为“结草庵”的缘由。他的记述十分详尽，使我们不仅得以了解大云庵的环境位置，甚至连进入大云庵需要经过两座极窄的独木板桥这样的细节都被保留下来。沈周还告诉我们，大云庵背靠四十余丈宽、三丈多高的土冈，冈上的一棵古栝（即老桧树）也高达十寻（一寻约为八尺）。就连悳茂僧房的位置也被他记述下来，好似十年前德本为吴宽所记一般。

不过，悳茂显然更胜一筹。在他的邀约一下，沈周又创作了一件实景绘画，这便是现存上海博物馆的《草庵纪游图》。（图 2）沈周为寺院作画留念的例子并不罕见，就在大云庵之行四年前的七月三日（1493 年 8 月 14 日），他曾同样应寺僧之请，在半夜为投宿的承天寺作了一件《林堂思清图》。[8]

不同的是，《草庵纪游图》是明确以“纪游”为名的具有写实趣味的作品，从文到画都显示出高度的一致性。在画中，我们可以看到《草庵纪游诗》及诗引中所描述的全部内容。（图 3）为表现悳茂的僧房，沈周特地在画中佛殿旁的院落里描绘了一个和尚的形象。另一个小僧正在院外的桥头迎接着即将过桥而来的“沈周”。就这样，悳茂与沈周“同框”了。

图2
沈周，《草庵纪游图》（局部）
手卷，纸本设色
上海博物馆藏

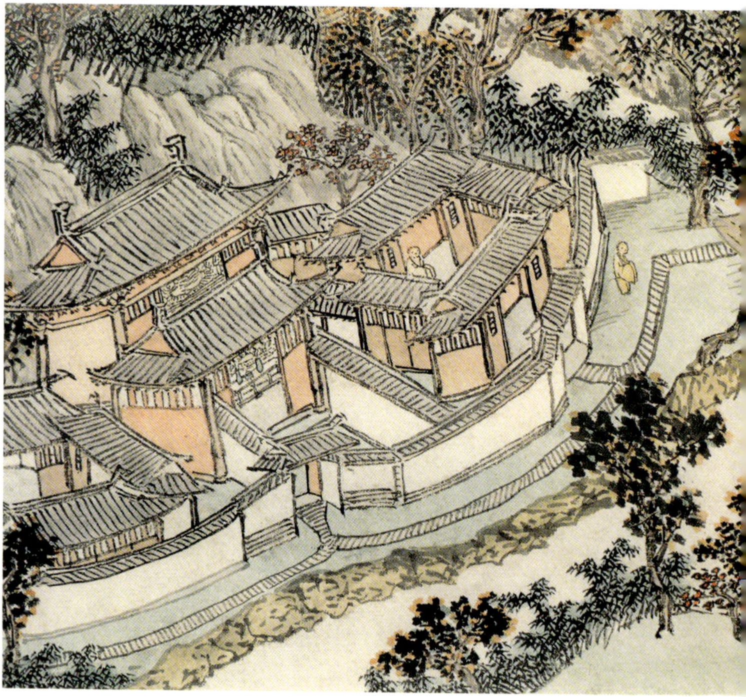

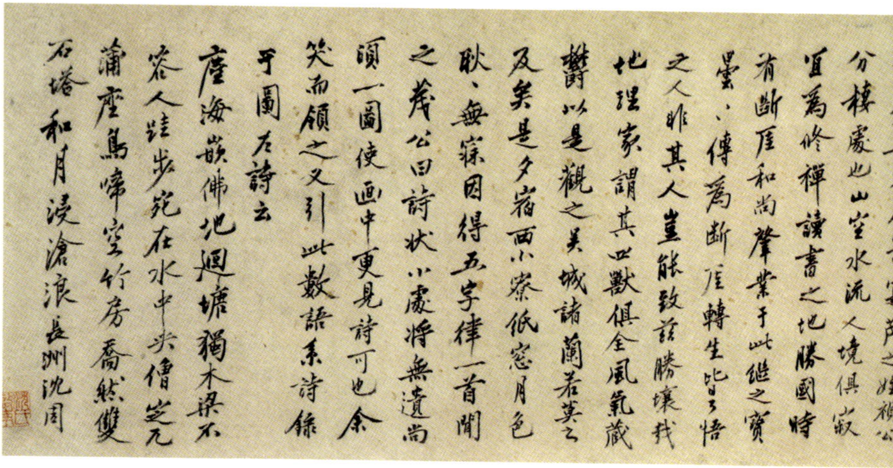
分棲處也山空水流人境俱寂
宜爲修禪讀書之地勝國時
有斷崖和尚聲業于此繼之寶
曇、傳爲斷崖轉生此皆了悟
之人非其人豈能致諸勝壤我
地理家謂其山獸俱全風氣蔵
鬱以是觀之吳城諸蘭若莫之
及矣是夕宿西小寮紙窗月色
耿耿無寐因得五字律一首聞
之俺公曰詩狀小處將無遺尚
須一圖使畫中更見詩可也余
笑而頷之又引此數語系詩餘
于圖右詩云
塵海嵌佛地迴塘獨木梁不
容人迹步宛在水中央僧定兀
蒲塵鳥啼空竹房喬然雙
石塔和月浸滄浪 長洲沈周

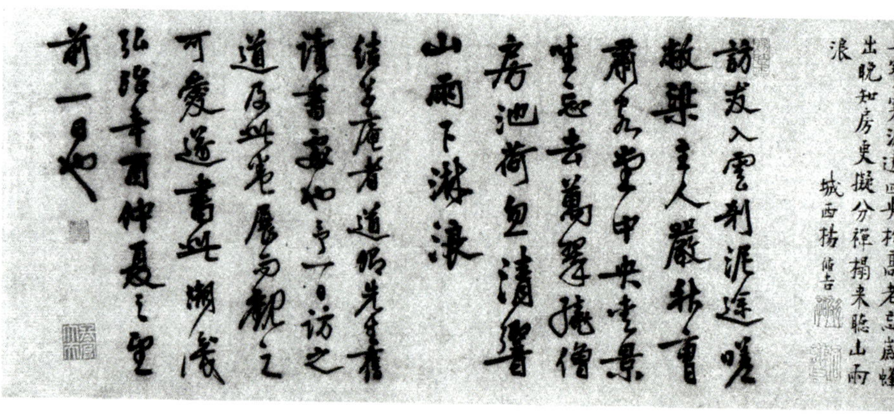
出晚知房吏擬分禪榻來聽山雨
浪 城西楊循吉
訪友入雲刹泥途曉
房池荷色清響
山雨下滄浪
弘治辛酉仲夏之望
前一日也

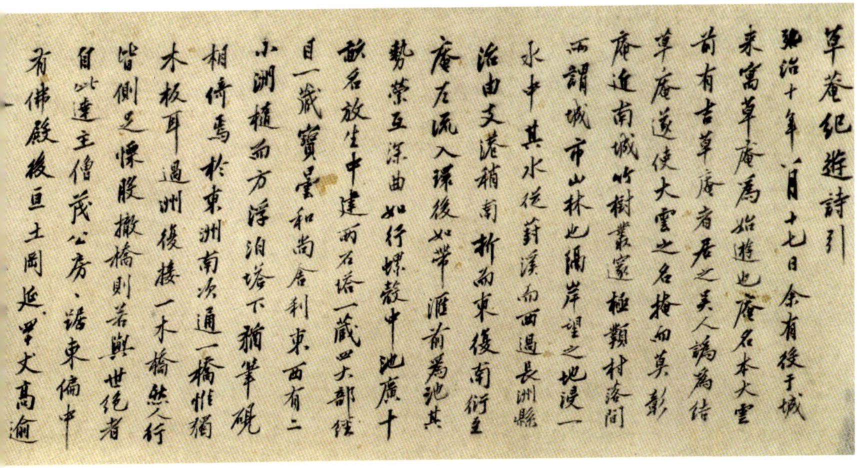

图3 《草庵纪游诗》诗引

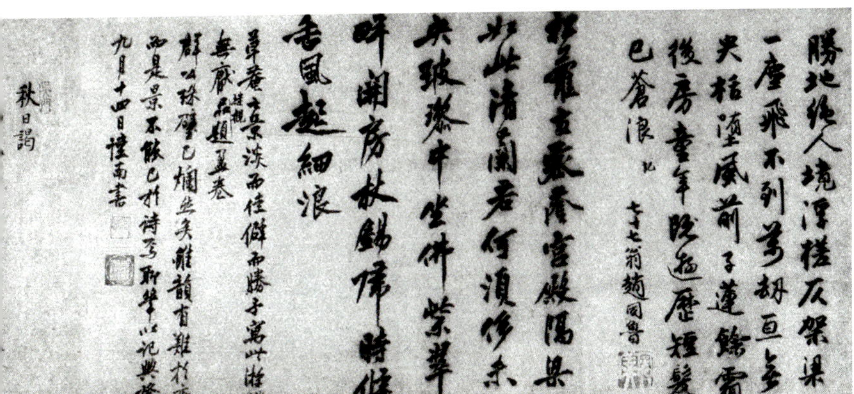

图4 《草庵纪游图》拖尾诸题跋（部分）

《草庵纪游图》后来的经历也可证明悳茂在沈周创作当初所发挥的主动性。现存卷后分别有赵同鲁（字文美）、憧南、杨循吉、沈朴、周埙、沈杰等吴地文士的题跋，另有一人名“潮”，未署姓氏。（图 4）这些题跋大都作于弘治十年后的几年间，但装裱顺序并不连贯。例如，排第一位的赵同鲁跋，落款为“七十七岁翁”，当为弘治十二至十三年间（1499—1500）所书，而最后一条题跋的作者沈杰，落款则在弘治十一年（1498）。沈杰在跋文中指出，自宝昙以后，“数传而至今主僧悳茂。茂亦朴实守约，克振宗风，类有道者事业，视昔有加。”由于他是在沈周完成《草庵纪游图》之后大约半年得以寓目此作并题写跋文，且对于悳茂的矜表之意洋溢于字里行间，故亦可视为本作先为悳茂所藏并常出示给到访文士观赏题跋的证据。

《草庵纪游图》卷后题跋中各人的诗句均与沈周的题诗和韵。不仅如此，所有人的题诗最后一字均为“浪”。弘治十六年（1503），正在草庵小住的憧南得观此卷，看到“品题盈卷，群公珠璧烂然”，不禁感叹韵脚难和，但他还是硬着头皮写下题诗，并同样以“浪”字结尾以保持队形。

从沈周的“沧浪”之“浪”到后来题跋者的一浪接一浪，《草庵纪游图》留住了大云庵鲜活的模样。如今，他所喜爱的大云庵周围，有医院，有民国时期创立的苏州美专校址，此外当然还有自嘉靖二十五年（1546）起不断重建、改建并保留至今的沧浪亭。

现今在一〇〇医院内，还保留着结草庵的放生池。虽无十亩之广，但一座七孔石桥安卧其上，一株粗壮的白皮松矗立桥头，依旧人迹罕至。这座结草庵是否便是当年沈周到过的大云庵，抑或是讹传其名的吉草庵，今天已难确证。

“今日沧浪休问主，百年兴废本同波。”[9]一如沈周所言，恐怕只有永恒的沧浪之水才能荡涤历史的尘埃，通往画卷之中的大云庵。

注释

〔1〕 （明）文徵明：《重修大云庵碑》，《文徵明集》卷第三十五，上海：上海古籍出版社，2014年，第756页。

〔2〕 （明）沈周：《草庵纪游诗》，《沈石田先生诗钞》卷八，收录于《沈周集》，上海：上海古籍出版社，2013年，第212页。

〔3〕 上揭文徵明《重修大云庵碑》。

〔4〕 （明）吴宽：《南禅集云寺重建大雄宝殿记》，《家藏集》卷三十七，据四部丛刊影印明正德本。

〔5〕 （宋）苏舜钦：《沧浪亭记》，《苏学士文集》卷第十三，据四部丛刊影印清康熙刊本。

〔6〕 上揭吴宽《南禅集云寺重建大雄宝殿记》

〔7〕 上揭沈周《草庵纪游诗》。

〔8〕 （清）陆时化：《吴越所见书画录》卷三，据清乾隆怀烟阁刻本。

〔9〕 （明）沈周：《沧浪亭故址为僧所居》，《石田诗选》卷五，收录于《沈周集》，上海：上海古籍出版社，2013年，第621页。

长濠春来水如油

——沈周诗画中的百花洲

成化十一年的端午（1475年6月8日），沈周行船经过苏州胥门外的百花洲。在这里，他意外地邂逅了许久未见的好友俞景明。按照沈周的讲法，自己已经“十年不见耕云翁”了。“耕云”，正是俞景明的别号之一。

彼时的俞氏年事已高。虽然他此行是在长子俞民度的陪伴下进城买药，但沈周依然赞美其看起来“鬓虽点雪颜如童”，堪称“童颜华发，精神烨然”。

老友重逢，自然激动。二人登岸，在道旁盛开的蜀葵前畅叙旧情，把酒言欢。随侍在侧的俞民度有感于此情此景，遂请沈周作画以为纪念。于是，这些蜀葵便作为这场邂逅的见证被画了下来。在这件今天名为《奇石蜀葵图》的立轴作品中，沈周不仅以设色的方式描绘了那几株蜀葵，还在其右下方绘制了一块太湖石。而在太湖石的脚下，作者别具匠心地画了一株灵芝，以寄托自己对俞景明健康长寿的祝愿。（图1）

当时，沈周与俞景明已经相识三十年。俞氏是常熟沙溪（又称“沙头”）的名士，而沙溪正是沈妻陈慧庄的老家。初与俞景明相识时，沈周还不到二十岁，刚刚与妻子完婚。沈俞二人订交后，时常“酒闲事韵语，意气超曹刘。评书竹几净，披画松堂幽”，[1]对于艺文之事有着共同的雅好。乡里们称之为“双骅骝”，可见二人的般配。

图1

沈周，《奇石蜀葵图》

立轴，纸本设色

美国纳尔逊·阿特金斯艺术博物馆藏

事实上，发生在百花洲上的这次邂逅，还是令沈周的内心充满隐忧。尽管在《奇石蜀葵图》的题诗里对老友的外表大加夸赞，但据他事后回忆，当时的俞景明看起来实际上已是“面带黧黑色”。[2]面对老友堪忧的健康状况，沈周不禁感叹“惕然令我愁”。[3]经过询问，俞景明已经出现了“胃寒食弗留”[4]的症状，其消化系统出现了问题。但沈周仍不愿往坏处多想，自我安慰其“大概老境人，血涩气莫柔”，[5]认为这都是俞景明年老体弱所致，亦属正常表现。他还不忘宽慰一旁的俞民度，说他父亲“此病非细忧”，[6]不必太过担心。由此看来，《奇石蜀葵图》上的那株灵芝所承载的作者对于老友健康的祝福之意更为真切。

不过，现实更加残酷。就在这次重逢之后的秋天，俞民度便向沈周报来了父亲去世的讣闻。相比于这个秋天恼人的雨水，（图 2）老友猝然离世的消息更令沈周难以接受——“书讣至我前，惝恍手莫收”[7]。随后，他写下“我来抚遗琴，未弹泪先流。终然不成声，悲风振林丘”[8]的诗句，寄托无尽的哀思。“今夏兹五月，再见古吴州。”[9]与老友在百花洲上的邂逅，最终竟成诀别，令他终生难忘。久别重逢的欢欣与重逢永别的悲怆交织在一起，使“百花洲”这个充满诗情画意的名字，在沈周的心目中蒙上了一层感伤的阴影。

百花洲是沈周时常经过的一片水域。实际上，它原本只是胥门与盘门之间的一段护城河，因此又被称为“长濠”。这段河道向西连接横塘，一直通向西山与京杭运河，向北则可通往山塘与虎丘，向南便是石湖，是城西通达四方的水路要冲。成化九年（1473），姑苏驿从盘门迁回百花洲畔，这里由此成为当时苏州城重要的交通枢纽。像俞景明一样，友人们在此南来北往，而沈周亦常在这里迎来送往。此处既有邂逅的喜悦，更有分别的离殇。或许，对沈周而言，百花洲的一池春水原本便是复杂情思的酝酿。

百花洲景色宜人。明初，当沈周的相城老乡姚广孝路过此地时，沿途给他留下了“水滟接横塘，华（同‘花’）

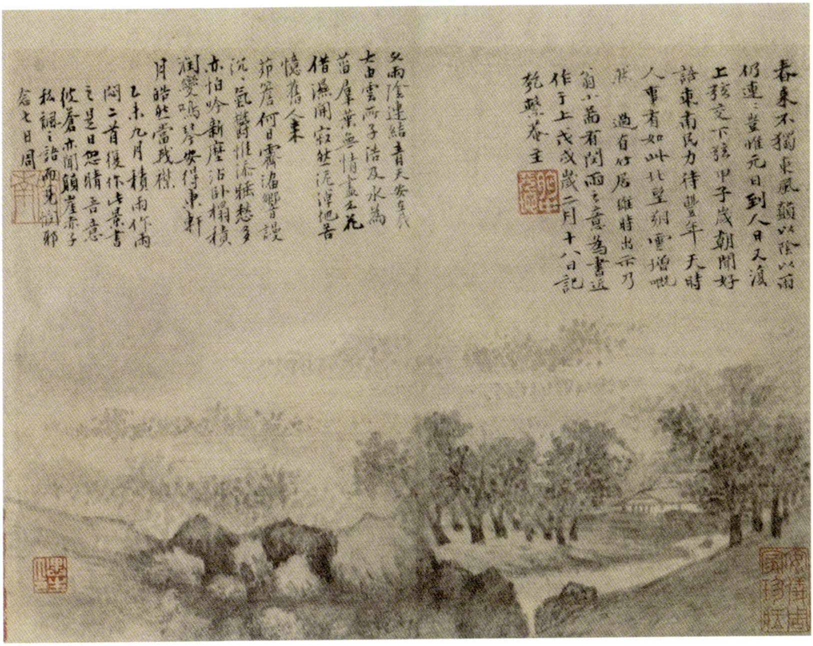

图2

沈周，《空林积雨图》

册页，纸本水墨

故宫博物院藏

此图作于成化乙未九月廿七日（1475年10月26日），正是沈周获知俞景明去世消息之际。在画上的题跋中，作者流露出对当时连绵秋雨的厌烦之情，而老友的讣闻应更助其悲怀。

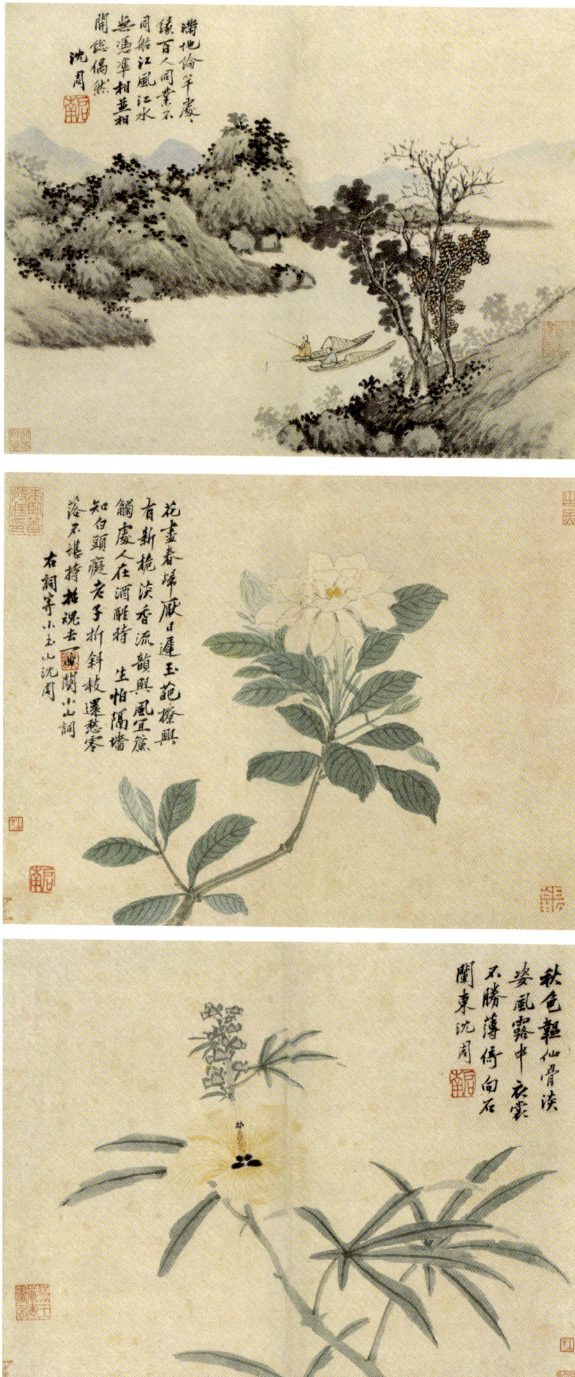

图3　沈周，《卧游图册》册页，纸本设色
故宫博物院藏

多碍舟路。波红晴漾霞，沙白寒栖鹭。缘汀渔网集，鹅隔渚菱歌度”[10]的美好印象，而我们也由此得以想见百花洲的旖旎风光。（图3）

成化九年之后，得益于便利的交通与穿梭的人流，百花洲越发热闹起来。沈周曾泊舟于此，细细品味着水边的繁华夜景：“沉沉细雨停孤舟，岸上人家灯满楼。红簾火影照中流，还闻吹箫楼上头。”[11]然而，在现世的浮华背后，沈周感受到的却是“水流花谢三千秋，古人行乐今人愁”[12]的苍凉。狭长的百花洲不仅是重要的水路，更是通往历史深处的时光隧道。

“长濠春来水如油，吴王昔日百花洲。”[13]漂泊在春日的百花洲上,沈周凭吊着吴王夫差曾经在这里的享乐生活。（图4、图5）明初的苏州人高启（字季迪，号槎轩）亦在经过这里时发出同样的感叹：“吴王在时百花开，画船载乐洲边来。吴王去后百花落，歌吹无闻洲寂寞。”[14]而姚广孝也曾说百花洲“不见昔游人，风烟自朝暮”。[15]这些充斥着无奈与遗憾的向往或幻想，寄托了元明之际苏州文人群体在历史与现实之间的期望与失望。

晚于沈周半个多世纪的昆山人梁辰鱼（字伯龙，号少白、仇池外史）更是在其传世名作《浣纱记》中，将吴王驾兰舟于百花洲上的场景生动地再现于舞台之上:“锦帆开，牙樯动，百花洲，清波涌。兰舟渡，万紫千红，闹花枝浪蝶狂蜂。”[16]尽管表现的是吴越春秋的传奇往事，但其笔下的百花洲，尤其是字里行间所流露出来的那种明快流利的感觉，一如当年沈周与俞景明父子邂逅时的模样。（图6）

对沈周而言，百花洲繁花簇拥的水面更像是一面镜子，现实的倒影在水中浮现出历史的过往。邂逅百花洲，不仅可以邂逅新朋与旧友，亦是邂逅欢喜与离愁，邂逅今春与千秋。

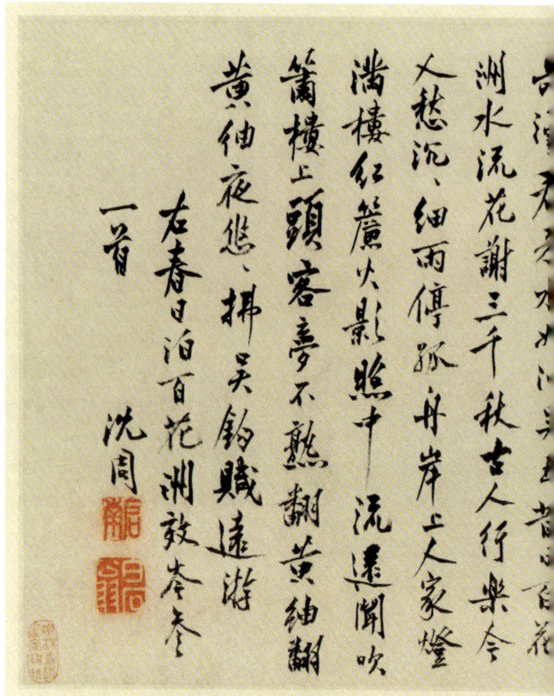
洲水流花謝三千秋古人行樂令
人愁沉沉細雨停孤舟岸上人家燈
滿樓紅簾火影照中流還聞吹
簫樓上頭客夢不熟翻黃紬翻
黃紬夜悠悠拂吳鉤賦遠遊
右春日泊百花洲效參寥
一首 沈周

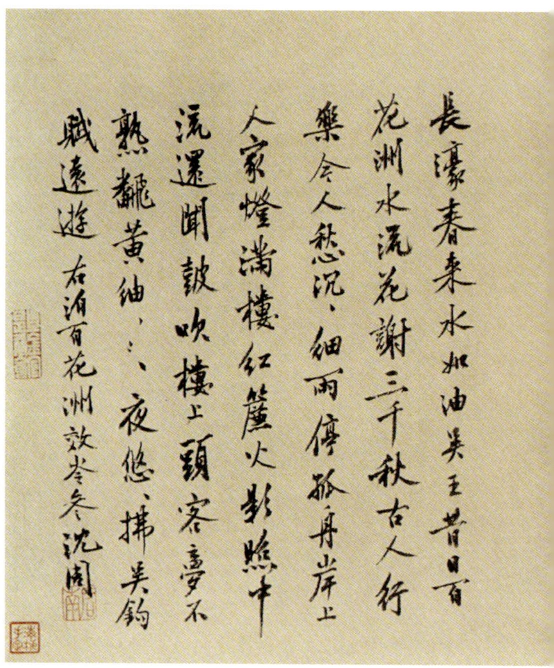
長濠春來水如油吳王昔日百
花洲水流花謝三千秋古人行
樂令人愁沉沉細雨停孤舟岸上
人家燈滿樓紅簾火影照中
流還聞簫吹樓上頭客夢不
熟翻黃紬黃紬夜悠悠拂吳鉤
賦遠遊 右泊百花洲效參寥沈周

图4
沈周，《吴中山水册》之『长濠春来水如油』
册页，纸本水墨
故宫博物院藏

图5
沈周，《苏台纪胜图册》之『长濠春来水如油』
册页，纸本水墨
美国波士顿美术馆藏

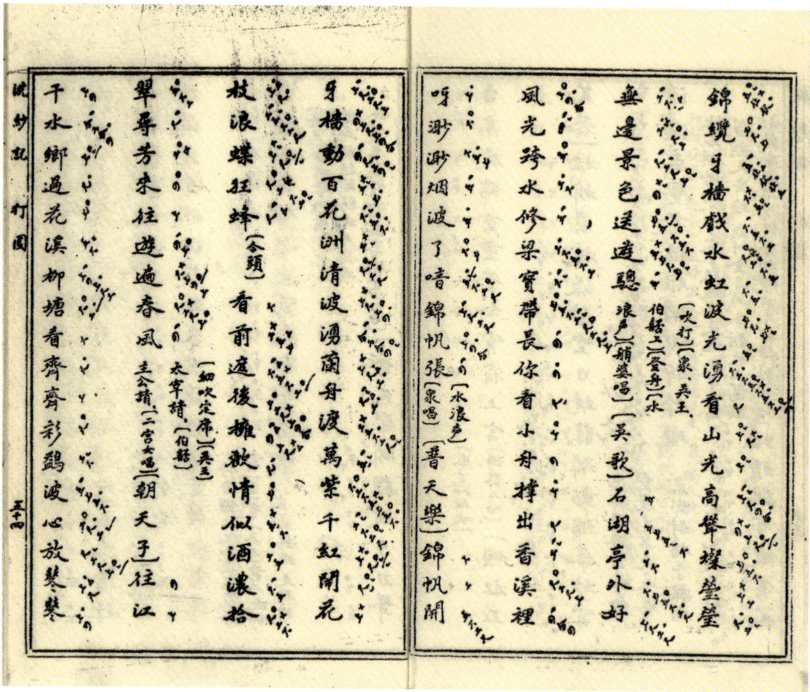

图6 图采自苏州市戏曲研究室1984年4月编印《传统昆剧演唱珍本汇编第一种·浣纱记》书影

《浣纱记》大约创作于16世纪中期，由梁辰鱼亲自创作谱曲并排演，是第一部专门为昆曲而创作的传奇剧本。其中《打围》一处里的【普天乐】曲牌，所唱即为吴王一行驾兰舟于百花洲上的场景。

注释

〔1〕（明）沈周：《得俞景明讣》，《石田稿》，收录于《沈周集》，上海：上海古籍出版社，2013年，第420页。

〔2〕上揭文。

〔3〕上揭文。

〔4〕上揭文。

〔5〕上揭文。

〔6〕上揭文。

〔7〕上揭文。

〔8〕上揭文。

〔9〕上揭文。

〔10〕（明）姚广孝：《百花洲》，《逃虚子集》诗集卷二，收录于《姚广孝全集》，合肥：安徽师范大学出版社，2019年，第41页。

〔11〕（明）沈周：《夜泊百花洲仿岑嘉州体》，《石田稿》，收录于《沈周集》，上海：上海古籍出版社，2013年，第431页。

〔12〕上揭文。

〔13〕上揭文。

〔14〕（明）高启：《百花洲》，《高太史全集》卷九，据四部丛刊影印明景泰本。

〔15〕上揭姚广孝《百花洲》。

〔16〕（明）梁辰鱼：《浣纱记》卷上，据明汲古阁刊本。

可爱云岩日日游
——沈周诗画中的虎丘

“雨后振孤策，迢遥追往踪。”成化十二年的五月初一（1476年5月23日），雨后初霁。沈周带着精心备下的佳酿珍馐，匆匆策舟赶往虎丘。他满心期待，希望能追上来自南京的好友吴理（字元玉），以弥补自己前一天未能如约陪游的内疚。

遗憾的是，他们终究还是错过了。当得知吴理已经发舟离去，惆怅不已的沈周只好黯然徘徊于熟悉的泉声松影之间，一边“当杯啼高松”，一边慨叹“独酌不成醉”。

这场爽约令沈周挂怀。后来，吴理的表弟吉之向他索画，沈周便绘制了一件《山水图》作为酬答。（图1）这件《山水图》以云雾缭绕的山峰为背景，似乎有意要表现出失约那天多雨的反常天气。“今年雷雨颇发怪”，[1]尽管只是四五月份，吴中却已是“青梅未黄雨满城”。[2]正是这恼人的雷雨，打破了沈周与吴理同游虎丘的约定。在画面的左上角，作者抄录下那首后来独游虎丘时所得的律诗。他希望吉之在读毕这首题诗后，亦能感受到自己这个“后期之人之落寞”。

“水部先生太伯后，谦然其仪气凝厚。”[3]吴理是成化五年（1469）的进士，祖籍吴江，故而成化十二年的这次姑苏之行对他来说，亦是还乡之旅。彼时，他刚从南京工部下属的屯田清吏司转到都水清吏司任上不久。沈周故此称其

图一　沈周，《山水图》
立轴，纸本水墨
台北故宫博物院藏

为“水部先生”，并将他与周代奔吴的泰伯联系在一起——不仅因为吴珵是这位吴地人文始祖的后代，更因泰伯亦曾以治水之功开拓吴疆。吴氏不仅擅长诗文，还精于绘事。后来的《画史会要》便说他“山水法夏珪”[4]。不过，沈周显然并不这么认为。吴珵此行曾在城中向沈周展示过一件自绘的江山长卷。在彼时已经五十岁的沈周看来，此卷“多从顾陆发其源，旁探董巨真好手”[5]。不仅取法自五代北宋的山水名家董源、巨然，更可直追魏晋之际的顾恺之、陆探微，“当代疑无与之偶”，[6]溢美之情可见一斑。不难想象，这样一位“重量级”的朋友最后竟然与自己“不辞而别”，实在不能不让沈周深感“落寞”。

沈周向来十分重视送别友人，而虎丘正是他最为钟情的饯别之地。早在天顺五年（1461）的春天，三十五岁的沈周就曾在这里送别即将赴河南上任的刘昌，并劝慰他“故乡不足怀，功名在烜赫”。[7]

“出吴阊门走山塘，山塘北去七里长。平郊崛起虎丘寺，云树一簇攒青苍。”[8]从苏州城西北的阊门下舟，顺着七里山塘北上，便可直抵虎丘山前。这座郁郁葱葱的小土丘孤零零地矗立在平原之上，与山顶巍峨的云岩寺塔共同构成了苏城最为醒目的地标之一。除去景观上的意义，虎丘还承载着吴地厚重的历史与文化。传说吴王阖闾安葬于此，其后曾有白虎显现守护，土丘便因此得名。东晋时的王珣与王珉两兄弟曾在山下立宅，后又将私宅捐为东西两寺，这便是虎丘云岩寺的前身，“云岩”亦成为虎丘的别称。历代文人骚客多喜以此地为题吟诗作赋，当地居民也热衷于来这里游玩祈福。这样的盛况，直到永乐宣德年间依然不减，就连远在北京的杨士奇也有所耳闻：“余闻虎丘据苏之胜，岁时苏人耆老壮少闲暇而出游者，必之于此。”[9]除了一般民众，“士大夫宴饯宾客，亦必之于此。四方贵人名流之过苏者，必不以事而废游于此也。”[10]看来，在虎丘宴请和饯别宾客，早已成为当年苏州文人圈里重要的传统。这或许也是沈周与吴珵相约在此话别的原因。事实上，就在沈吴之约的一个多

图2

沈周，《虎丘送客图》

立轴，纸本水墨

天津博物馆藏

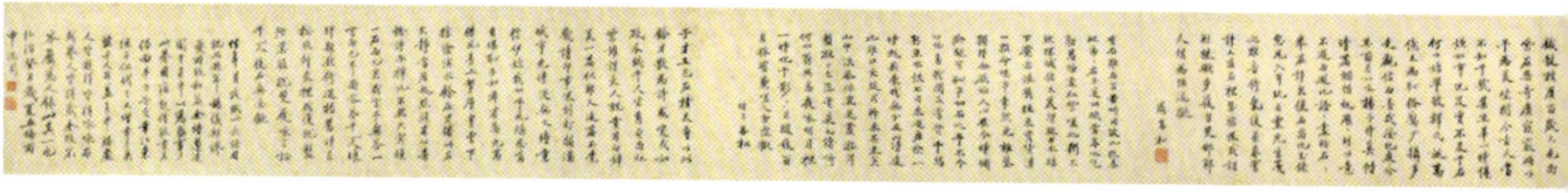

月前，沈周还曾在此为即将返回湖州的名医唐广举酒饯行。

大约就在吴珵离开苏州后的第二年，同样出身吴门的徐源（字仲山）受命前往山东治水。作为同行，时任北京工部都水清吏司主事的徐氏显然取得了较吴珵更为显赫的工作业绩。在徐氏的治理下，山东地区“运河水满万艘通，汶泗交流无壅土”。[11]除此以外，他似乎对治理泉水尤有心得，其在任满之际编纂刊行的《山东泉志》影响广泛。对于这位同乡的事迹，沈周早有耳闻。成化十六年（1480）的正月，彼时已在山东工作近三年的徐源即将离苏返鲁。沈周专门在虎丘五台山麓设下酒宴为他饯别。席间，沈周和韵写下“此丘亦有泉，名赖陆羽好”[12]的诗句，意在提醒徐源工作之余别忘了故乡虎丘的甘泉。

沈周提到的这一泓为陆羽所称赞的泉水，便是有着“天下第三泉”美誉的观音泉。除此以外，虎丘山间还分布着憨憨泉、剑池等名泉。以虎丘泉水烹茶，是沈周畅游虎丘的一大乐事。他曾在月夜叩开虎丘的僧房，眼见“石鼎沸风怜碧绉，磁瓯盛月看金铺”[13]，任由热气腾腾的泉水荡涤着碧绿的茶叶，倒映着月光。

与徐源的饯别结束后，意犹未尽的沈周又专门为他绘制了一件山水立轴相赠。他将当天送别的经历与诗句题写在画面的左上角。这样的构思，与当年赠与吉之的那件《山水图》如出一辙。画中，身着官衣的徐源盘腿抚琴，临流独坐于松下。他仰望着山间叠瀑流出的泉水，汇聚成溪。徐源想必非常喜爱此作，不仅将其命名为《虎丘观泉图》（今名《虎丘

图3 沈周，《千人石夜游图》
手卷，纸本设色
辽宁省博物馆藏

送客图》），后来还邀请吴宽为之题跋。吴宽不仅将徐氏治水的功绩赞颂于卷上，亦在最后提到了故乡的“虎丘泉”。“饮君重乡味，勿谓杯勺小。”[14]无论对于徐源抑或是吴宽而言，每当身在异乡的他们展玩此卷，“送客”与“饯别”的主题或许已不重要，沈周埋藏在画中的思乡之情犹如虎丘泉水一般涓涓，自画中淌入他们的心田。（图2）

趁着月色煮泉品茗，不过是沈周夜游虎丘的内容之一。就在和徐源话别的前一年，也就是成化十五年的四月九日（1479年4月30日），原本打算前往西山的沈周因为天色将晚，转而舣舟虎丘，投宿山寺。一个月前，他刚刚经由虎丘东北的长荡路过此地，前往西山的隆池阡祭拜亡父。

月色微茫，沈周独步于剑池旁的千人座上。千人座又称千人石，相传晋宋之间的高僧竺道生曾在此讲经说法，是虎丘名胜之一。“一山有此座，胜处无胜此。”[15]沈周对千人石情有独钟。这块巨大而平整的石体，不仅形态迥异，就连暗紫的颜色亦有别于周围的山岩。“其脚插灵湫，敷霞面深紫。”[16]这样的奇异外观引发了沈周的兴趣，直呼其为“玛瑙坡”。（图3）

“城中士与女，数到不知几。”[17]不同于夜晚的清幽，白天的千人石，游人络绎不绝。人们在石上“列酒即为席，歌舞日喧市”，[18]或许沈周与朋友们的聚会和饯别也曾在此举行。借着月光，沈周小心翼翼地摸索前行，生怕脚下踩空落入水中。即便如此，他也不愿秉烛夜游——“亦莫费秉烛，步月良可喜。”[19]就这样，沈周享受着“一步照一影”

《千人石夜游图》（局部）

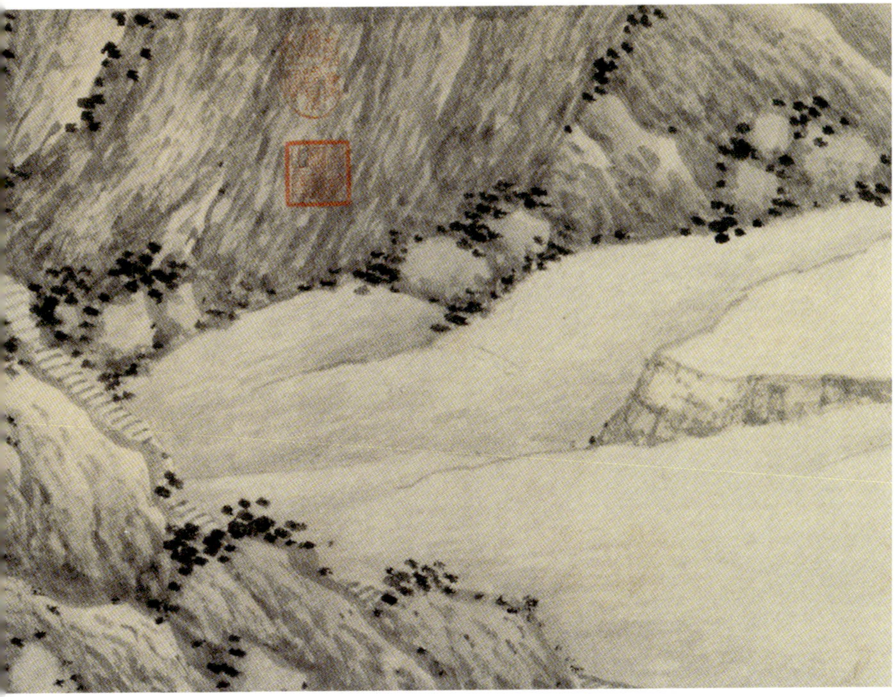

图4

沈周，《虎丘十二景图》

册页，纸本设色

美国克利夫兰艺术博物馆藏

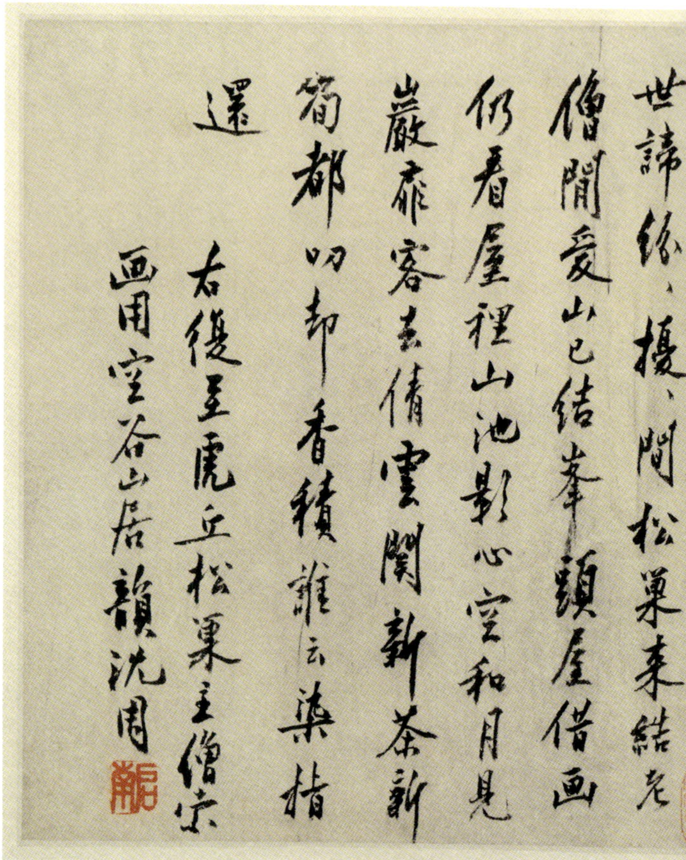
世諦紛紛擾擾閒松巢來結老
僧閒愛山已結峯頭屋借畫
仍看屋裡山池影心空和月見
巖扉客去倩雲關新茶新
蜀都叨却香積雜云藥指
還
右復呈虎丘松巢主僧宗
画用空谷山居韻沈周

图5

沈周，《吴中山水册》之一

册页，纸本水墨

故宫博物院藏

这是沈周为虎丘松巢主僧所作的诗画。

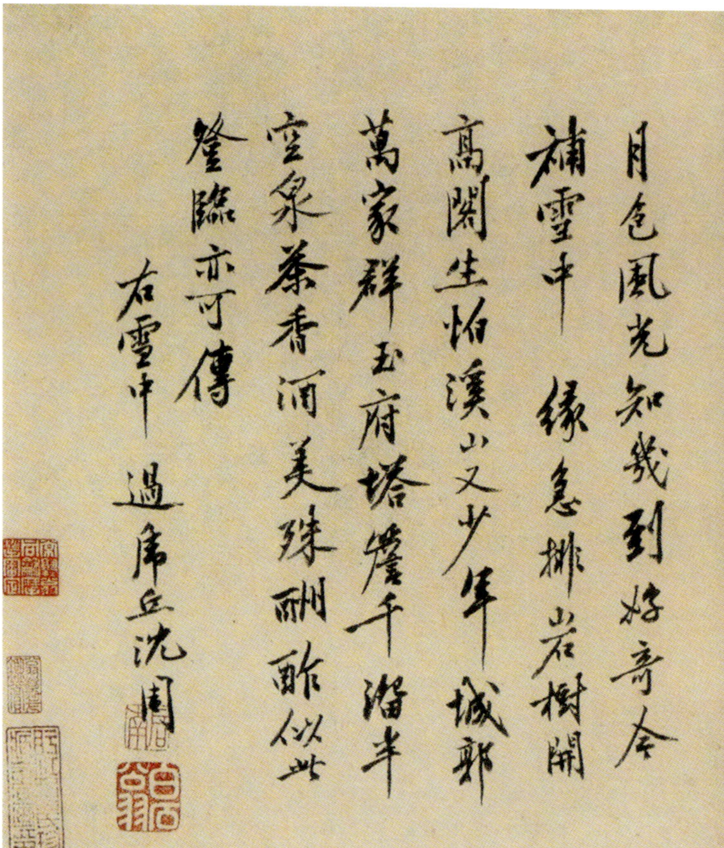

月色風光知幾到好奇今補雪中緣急排岩樹開高閣生怕溪山又少年城郭萬家群玉府塔層千幡半空象茶香酒美殊酬酢似此登臨亦可傳

右雪中過虎丘沈周

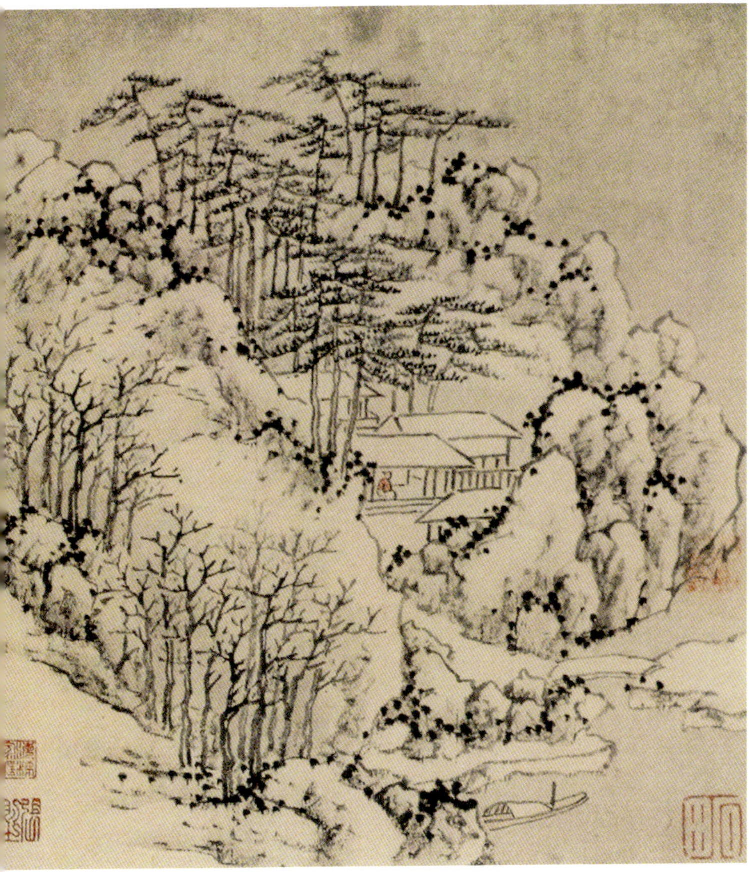

图6　沈周（款），《苏台纪胜图册》之『雪中过虎丘』
册页，纸本水墨
美国波士顿美术馆藏

[20]的别样乐趣，他甚至幻想着如果此时有人远远窥见千人石上的自己，会不会误以为是下凡的仙人？

不同于寻常的日游，夜游千人石的体验令沈周难忘。不仅被他用画笔记录下来，也吸引了友人们纷纷为其唱和。独行在夜晚的虎丘，没有离愁，却可忘忧。

"可爱云岩日日游"，[21]在与老友周鼎（字伯器，号桐村）的和诗中，沈周将自己对虎丘的喜爱表达得如此直白。对他而言，虎丘的"可爱"显然并不简单——这里不仅留下了他频频游玩的足迹，也见证了他与朋友们难舍难分的情谊。（图4、图5、图6）

注释

〔1〕 （明）沈周：《题吴元玉所画山水卷》，《石田诗选》，收录于《沈周集》，上海：上海古籍出版社，2013年，第423页。

〔2〕 上揭文。

〔3〕 上揭文。

〔4〕 （明）朱谋垔：《画史会要》卷四，据文渊阁四库全书本。

〔5〕 上揭《题吴元玉所画山水卷》。

〔6〕 上揭文。

〔7〕 （明）沈周：《分题送刘宪副钦谟提学河南》，《石田稿》，收录于《沈周集》，上海：上海古籍出版社，2013年，第314页。

〔8〕 （明）吴宽：《赠释子芳草堂》，《家藏集》卷四，据四部丛刊影印明正德本。

〔9〕 （明）杨士奇：《虎丘云岩寺重修记》，《东里文集》卷二十五，据清文渊阁四库全书本。

〔10〕 上揭文。

〔11〕 （明）吴宽：《为徐仲山题虎丘观泉图》，《家藏集》卷九，据四部丛刊影印明正德本。

〔12〕 （明）沈周：《和徐仲山虎丘韵，时仲山治泉还，因以赠别》，《石田稿》，收录于《沈周集》，上海：上海古籍出版社，2013年，第479页。

〔13〕 （明）沈周：《是夕命童子敲僧房汲第三泉煮茶坐松下清啜》，《石田稿》，收录于《沈周集》，上海：上海古籍出版社，2013年，第463页。

〔14〕 上揭《和徐仲山虎丘韵，时仲山治泉还，因以赠别》。

〔15〕 （明）沈周：《四月九日因往西山薄暮不及行舣舟虎丘东趾月渐明遂登千人座徘徊缓步山空人静此情异常乃纪是作》，《石田先生诗钞》卷一，收录于《沈周集》，上海：上海古籍出版社，2013年，第55页。

〔16〕 上揭文。

〔17〕 上揭文。

〔18〕 上揭文。

〔19〕 上揭文。

〔20〕 上揭文。

〔21〕 （明）沈周：《和周桐村虎丘四绝》，《石田稿》，收录于《沈周集》，上海：上海古籍出版社，2013年，第485页。

洞庭两山浮具区
——沈周诗画中的太湖洞庭

这是一场沈周错过了的旅行，但他并未缺席。

成化十四年七月（1478 年 7 月），任官三年秩满的王鏊（字济之，号守溪）刚刚通过考绩进阶文林郎，便怀捧着朝廷的封敕与托请朝中名士所作的贺诗回到老家，庆祝父亲的六十大寿。就在三年前（1475），这位年轻的吴门才俊刚刚经历了读书人一生中最风光的时刻——他在春闱中一举拔得头筹，并最终以“第一甲第三”成为“探花”。朝廷授予其“翰林院编修”一职，由此开启了他长达三十余年的仕宦生涯。

与王鏊同科的文贵（字天爵）则名列三甲。试后，他南下担任吴县知县，成为前者家乡的父母官。就这样，有着同年之谊的两个人，在会试之后的第三年，重逢于江南。

王鏊出生在吴县东洞庭山的震泽乡。洞庭山位于苏州城西部的太湖之中，分为东西两山，对立相望。当时，“两洞庭分峙太湖中”，[1]“望之渺渺忽忽，与波升降”，[2]而在今日，东山已与陆地连成半岛，只有西山依然水围四周。王鏊曾用一句话来赞叹东西洞庭所构成的秀美景观——“湖山之胜，于是为最。”[3]

得知同年好友荣归故里，文贵时常前往探望同游，两人一道“相与穷溪山之胜”。[4]第二年（1479）秋天，他们来到东山名刹法海寺探访。这座始建于隋代的寺庙，背靠着东山的主峰莫厘峰。

莫厘之名，源自历史上曾有一位“莫厘将军”安葬于此的传说，而法海寺亦传是由当年这位将军的宅邸改建而来。对土生土长的王鏊而言，这样的故事从小便耳濡目染，但令他更为迷恋的，还是以莫厘峰为首的东山胜景：“山自莫厘起伏逦迤，有若巨象奔逸，骧首环顾。遂分为二：一转而南，为寒山，郁然深秀，楼枕其坳；一转而北，复起双峰，亭亭如盖，末如长蛇，夭矫蜿蜒西逝。”[5]这里提到的“楼”，乃是其父王琬（字朝用，后以字行，更字廷臣）归隐故乡后精心修建的静观楼。王家人时常在这里眺望湖光山色，悠游世外。在他们的心目中，静观楼丝毫不逊于滕王阁、岳阳楼，甚至因其可览“三万六千顷之波涛”与“七十二峰之苍翠”，还要更胜一筹。

文贵想必对王鏊所述的这番景象神往已久。所以，当他跟随后者来到法海寺，听闻寺僧介绍眼前的这座“异峰”便是莫厘时，便立刻“振衣以升”，乘兴开始攀登。

海拔将近三百米的莫厘峰并不好爬。王鏊与同行者们就这样跟随着文贵，“或后或先，或喘或颠，至乎绝顶而休焉”。[6]不过，当一行人站立于山巅，眼前美景足可使登山的疲惫一扫而光。在莫厘峰顶，他们看到西边的吴兴隐约浮现，看到北边的苏城清晰可辨，看到东边的吴江历历在前，“盖七十二峰之丽，三万六千顷之奇，皆一览而在”。[7]湖山美景尽收眼底，众人纷纷发出“大哉观乎”的赞叹。

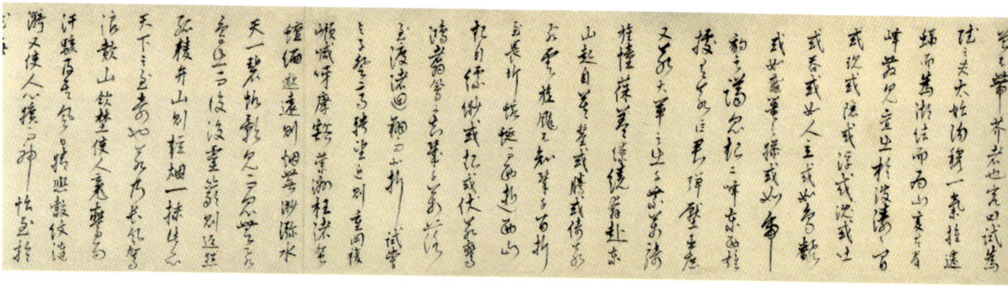

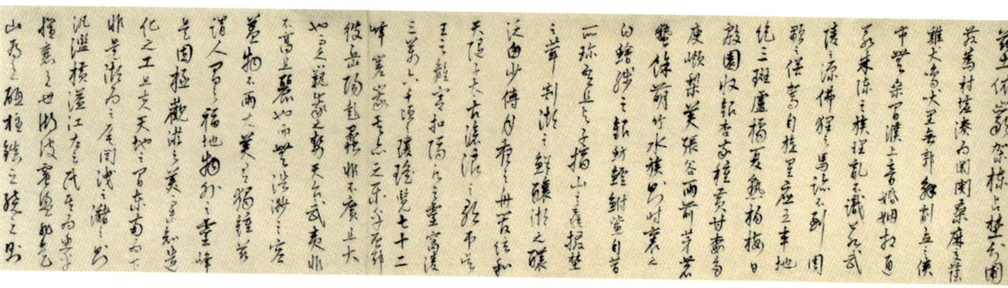

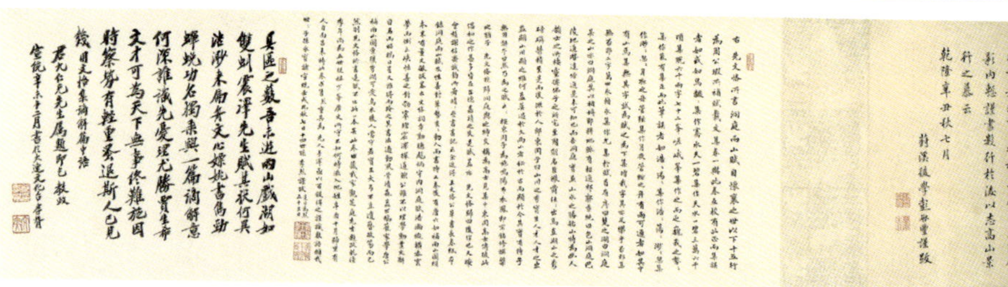

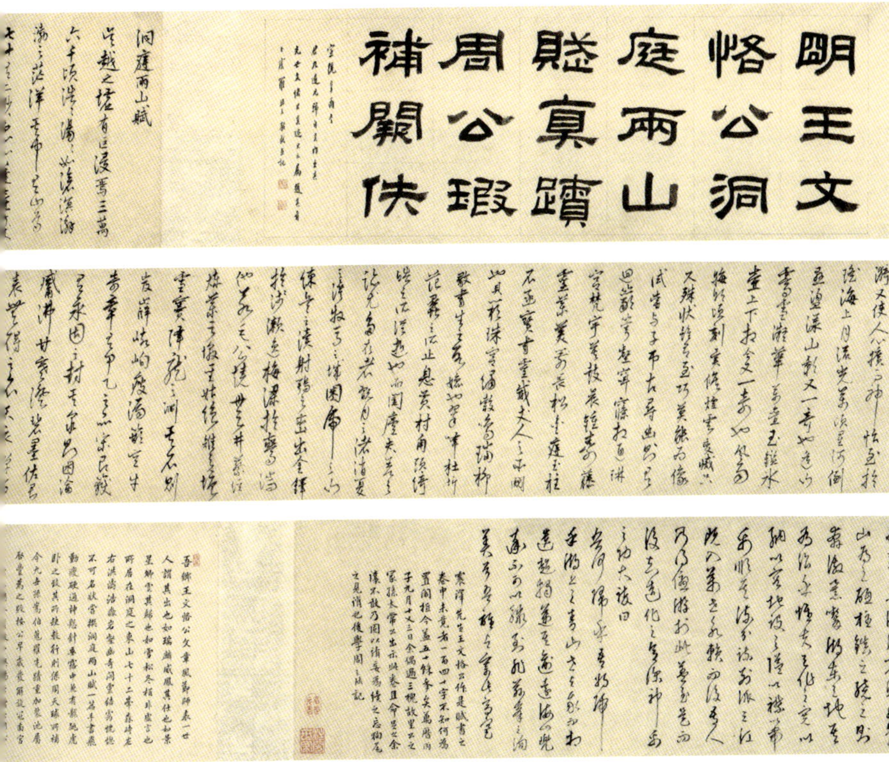

图一

王鏊，《洞庭两山赋》手卷，纸本水墨

故宫博物院藏

沈周本应在同行人中，却因故未能同游。事后他解释道："洪涛巨浪相吞屠，我欲从之老命虞。"[8]天不作美，波涛汹涌的太湖挡住了舟行的前路。沈周只好一边读着王鏊与文贵寄赠的纪行文章，一边想象着莫厘登高的壮美景象。然而，"纸上得来终觉浅"，他仍然遗憾地慨叹"湖山洵美我未识，翻意斯文相厚诬"。[9]

沈周的"遗憾"，恐怕并不仅仅因为未识的美景。事实上，成化十五年的洞庭秋色，他并未错过。

就在这一年的秋天，应好友蔡蒙（字时中）之邀，沈周来到其位于西洞庭山的老家游玩。这次旅行的细节，今天已不得而知。我们只能从对岸居民王鏊的描述中一窥彼时西山的景致。在王鏊的笔下，西山犹如屏障一般横列于东山之前，同样绵延于碧波之间："西山起自缥缈，或起或伏，若惊鸿翥凤，不知几千万落，至渡渚回翔而北折。"[10]"缥缈"是西山的主峰，与"莫厘"遥相呼应，共为太湖七十二峰中的"最大而名者"。[11]（图 1）

洞庭西山的这次秋游，给沈周留下了深刻而美好的印象。在其返家后不久，便将自己"留心二年始就绪"[12]的一件《仙山楼阁图卷》寄赠蔡蒙以为答谢。吴宽之侄吴奕在卷前所写的篆书题名指出画中所绘楼阁乃是蔡家的"天绘楼"。将真实存在且亲身游历过的景观与"仙山楼阁"联系在一起，显示出沈周对洞庭之景可堪"仙境"的赞扬，一如他在为王鏊、文贵绘制的《莫厘登高卷》上所写下的那样："洞庭两山浮具区，金庭玉柱仙所都。"[13]（图 2）

于是，王鏊成为沈周眼中"住隔万顷玻璃湖"[14]的"仙儒"，而主政一方的文贵也成为了能够约束山灵河伯、使得一方仙众都为之后拥前驱的"文侯"。与二人的失之交臂，或许才是沈周错过此行最大的"遗憾"。

《莫厘登高卷》弥补了他的这个遗憾，亦成为沈周并未"缺席"此行的"证明"。

弘治十年（1497）的初春，朋友带着王鏊所书的《洞庭两山赋》前来相见。不知彼时的沈周是否还会想起十八年前

图2 正德《姑苏志》附地图
『洞庭两山浮具区』，『具区』指的就是太湖。

那场错过的洞庭秋游？此时，王鏊正身在北京，已升任翰林侍读学士兼左谕德，而文贵也早在成化十七年（1481）被选为御史，离开了吴县。当年《莫厘登高卷》中的三人，现下两人缺席，只剩年迈的沈周临纸惘然。

见字如面。在他眼里，王鏊的文采依旧那般“仙气十足”：“语意深奥，词旨变幻，正如七十二峰风雨晴晦，出没万状，不可端倪。”读毕长赋，沈周“不觉神思快爽，援笔为图”，根据文意绘制了一件表现洞庭两山景色的山水长卷。（图3）值得玩味的是，在长卷的近景部分，画家专门描绘了一座背靠山峰、面向湖面的寺院。这是法海寺吗？它的身后便是莫厘峰吗？这是沈周埋藏在画卷中的回忆吗？我们不得而知。历史的真相，亦如烟波掩映的洞庭两山，莫名而难厘，缥缈又虚幻。

弘治丁巳三月友人持濟之太史洞庭兩
山賦見示語意深奧誦者變色政如七十
二峰風雨晴晦出沒萬狀不可端倪余披
襟讀之不覺神思快爽遂援筆寫
圖但用筆滯澀艸艸不成景象安得
與濟之之文並傳不朽圖敘書以志愧
沈周

图3

沈周（款）
《洞庭两山赋图》（局部）
手卷，纸本水墨
藏地不详

此作是弘治丁巳三月（1497年4月）沈周在寓目友人送来的王鏊所书《洞庭两山赋》后所作。在画尾的题记中，沈周赞叹王鏊之文『语意深奥，词旨变幻，正如七十二峰风雨晴晦、出没万状』，洞庭两山仙境一般的景象浮现在他的脑海。

注释

〔1〕 （明）王鏊：《登莫厘峰记》，《震泽先生集》卷十五，收录于《王鏊集》，上海：上海古籍出版社，2013年，第238页。

〔2〕 （明）王鏊：《静观楼记》，《震泽先生集》卷十五，收录于《王鏊集》，上海：上海古籍出版社，2013年，第238页。

〔3〕 上揭文。

〔4〕 上揭《登莫厘峰记》。

〔5〕 上揭《静观楼记》。

〔6〕 上揭《登莫厘峰记》。

〔7〕 上揭《登莫厘峰记》。

〔8〕 （明）沈周：《莫厘登高卷》，《石田先生诗钞》卷二，收录于《沈周集》，上海：上海古籍出版社，2013年，第58页。

〔9〕 上揭《莫厘登高卷》。

〔10〕 （明）王鏊：《洞庭两山赋》，《震泽先生集》卷一，收录于《王鏊集》，上海：上海古籍出版社，2013年，第9页。

〔11〕 （明）王鏊：《七十二峰记》，《震泽先生集》卷十五，收录于《王鏊集》，上海：上海古籍出版社，2013年，第237页。

〔12〕 （明）张丑：《仙山楼阁图》，《清河书画舫》卷十二上，据清文渊阁四库全书本。

〔13〕 上揭《莫厘登高卷》。

〔14〕 上揭《莫厘登高卷》。

北窗最爱虞山色

——沈周诗画中的虞山

“都下类江南，暑气一何酷。”[1]正在好友钱承德（字世恒，号五峰居士）家参加聚餐的吴宽，感叹着北京的炎炎夏日，其实并不比江南的潮湿闷热好过多少。为缓解暑热，钱家“羽扇扑不停”，[2]却收效甚微。忽然，吴宽感到一阵凉意袭来，如坐“凌阴”，回头一看，原来墙上正挂着好友沈周所绘的一幅雪景山水。（图 1）

这件作品今已不存，但吴宽诗句中“高峰树玉幢，空洞倚垩屋。皑皑不可辨，岂复分涧谷”[3]的描述，足可让我们大致想见其面貌。不过，在吴宽眼里，这并非一件普通的作品。

在画中，吴宽看到了沈周的匠心——“故家虞山阳，昆湖真在目”。[4]画作的收藏者钱承德是常熟人，而虞山正是常熟的地标，这件描绘了故乡名胜的山水画正可以寄托他的乡愁。然而，对吴宽而言，画里的虞山，却令他的思绪一下回到了成化十四年（1478）的春天。

彼时的吴宽还在老家丁忧亡父。这一年，苏州自正月以来便雨水不断。正月二十六（2 月 28 日），雨依然在下，沈周应邀来到吴家。对于吴宽的邀请，正为连绵阴雨苦闷不堪的沈周非常高兴：“雨中客舍苦局促，故人招我有尺牍。”[5]于是，他“得书径往兴亦豪”，就连一路上的泥泞也不顾了。当晚，吴宽的弟弟吴宣（字原辉，号拙修居士）也在场。三人把酒言欢直至夜半，即便因肺病而早已绝饮的沈周，也“强举一觞连五六”，最终“不觉为之霑醉”，留宿于吴家的医俗亭。这样的记忆无论对于吴宽还是沈周，想必都难以忘怀。事后，沈周专门画了一幅《雨夜止宿图》，并颇为感伤地写下“人生良会岂易得，他日知今又难卜”[6]的诗句。（图 2）

相聚的美好总令人意犹未尽。不到一个月后的二月十六日（3 月 20 日），沈周又回请吴宽来相城家中做客。其间，沈周尽出所藏书画青铜与吴宽同赏，并邀请后者题写了不少跋文。就这样，吴宽在“有竹居”迁延了四五日。直到二月二十日（3 月 24 日），二人又一同来了一次“说走就走”的虞山之行。

为何去虞山？原因之一在于沈周早已对那里的景物非常熟悉与喜爱。成化七年（1471），他便写下“北窗最爱虞山色”[7]的直白诗句——在“有竹居”，即可远眺虞山。想必沈周亦曾向吴宽力荐虞山胜景，于是“兹借嘉友兴，理舟访岧峣”。[8]而吴宽对沈周的提议也心怀感激：“决策为此行，所幸得良友。”[9]

“我家去乌目，北骛仅一晌。”[10]乌目是虞山的古称

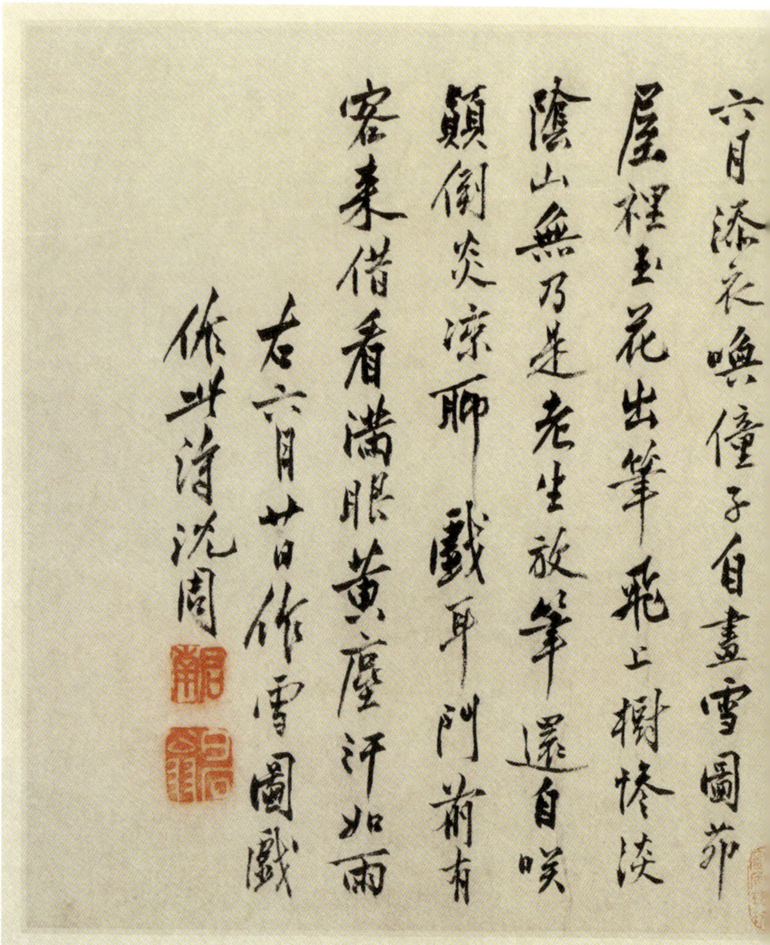
六月添衣喚僮子自畫雪圖茆
屋裡玉花出筆飛上樹梢淡
陰山無乃是老生放筆還自咲
顛倒炎涼聊戲耳門前有
客來借看滿眼黃塵汗如雨
右六月廿日作雪圖戲
作此詩沈周

图一

沈周，《吴中山水册》之『六月添衣唤童子』

册页，纸本水墨

故宫博物院藏

图2 沈周（款），《雨夜止宿图》
立轴，纸本水墨
藏地不详

之一。从相城出发去往虞山，只消半日水程即可到达。当船进入必经的昆湖（今昆承湖）时，虞山便遥遥在望。由此再转向西北进入尚湖，便可直达虞山脚下。吴宽后来在钱承德家看到的那张沈周雪景山水，所绘便是由昆湖北眺虞山的景色。

不过，沈周似乎更喜欢徜徉于尚湖欣赏湖山之景。成化十一年（1475）的秋日，他于午间行船经过尚湖，一边欣赏着“高云仰见出翠壁，飞影下接沧波流”[11]的美景，一边感受着“虞山随船走不休”[12]的闲适。在现存其所作的《苏台纪胜图册》中，我们可以看到题写有相同诗句的画面。画中，虞山脚下的村落位于右上部，显示出其位于尚湖东北侧的地理位置。一只小舟向着左下方划去，舟中坐着一人，可能便是沈周自己。（图3、图4、图5）

《苏台纪胜图册》中的第九开，同样描绘了虞山的景致。画中的湖面更为开阔，远处的虞山平缓延伸入湖面，所取视点应在距离虞山更远的昆湖之上。湖中的船内端坐两人。画面左侧的题诗名曰《舟中望虞山与吴匏庵同赋》，与沈周诗文集中所收《二月二十日与匏庵放舟游虞山舟中见山有作》内容相同，可见此画正是成化十四年二人春游虞山的写照。

二月二十日一早，沈周与吴宽在相城下舟，吩咐舟人前往虞山。对吴宽来说，此去仿佛朝圣一般——“我亦重兹山，竦然正冠巾。”[13]传说周文王次子虞仲就埋葬于此，是山因之得名。“虞仲骨已朽，高名宛如新。悠悠松间路，吊古在兹晨。”[14]吴宽怀着思古幽情来到虞山。

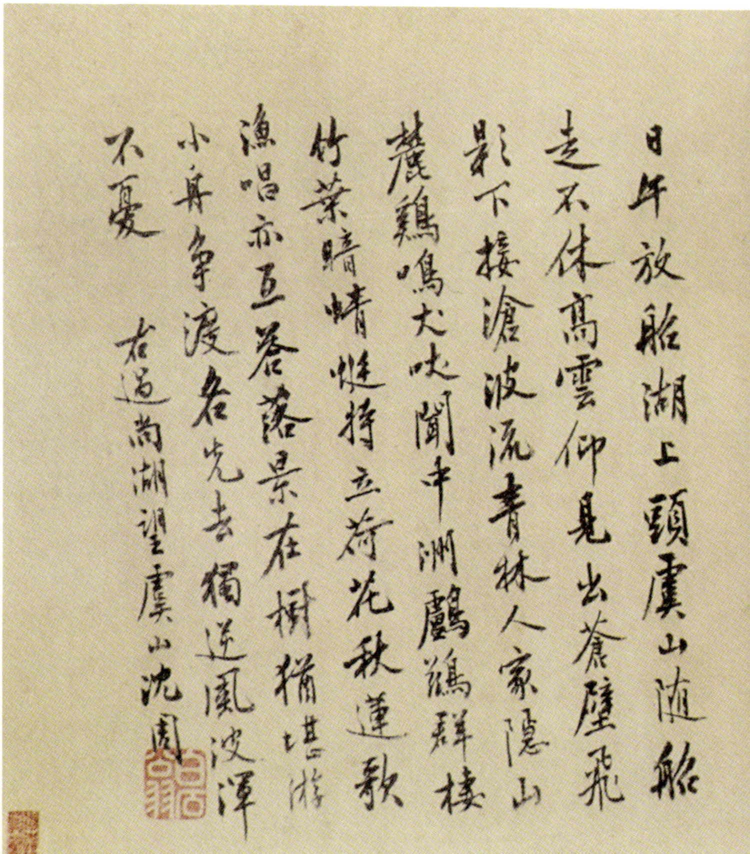
日午放船湖上頭虞山隨船
走不休高雲仰見出蒼壁飛
影下接滄波流青林人家隱山
麓鷄鳴犬吠聞中洲鸕鷀群棲
竹葉晴蜻蜓拂立荷花秋蓮歌
漁唱亦互答落景在樹猶堪游
小舟争渡各先去獨送風波渾
不憂
右過尚湖望虞山　沈周

图3　沈周（款），《苏台纪胜图册》之「过尚湖望虞山」
册页，纸本水墨
美国波士顿美术馆藏

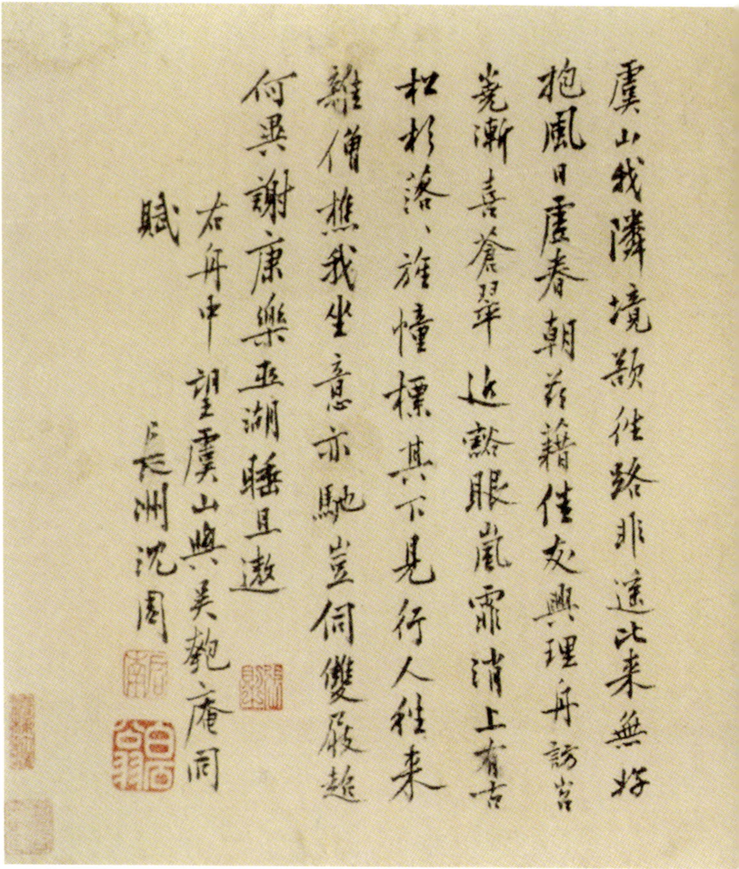
虞山我隣境顧往路非遥比来無好
抱風日處春朝藉藉佳处興理舟訪岧
嶤漸喜蒼翠近齡眼嵐霏消上有古
松杉落落旌幢標其下見行人往来
雜僧樵我坐意亦馳豈伺雙屐趫
何異謝康樂巫湖騷且遨
右舟中望虞山與吳匏庵同
賦
長洲沈周

图4

沈周（款），《苏台纪胜图册》之『舟中望虞山与吴匏庵同赋』
册页，纸本水墨
美国波士顿美术馆藏

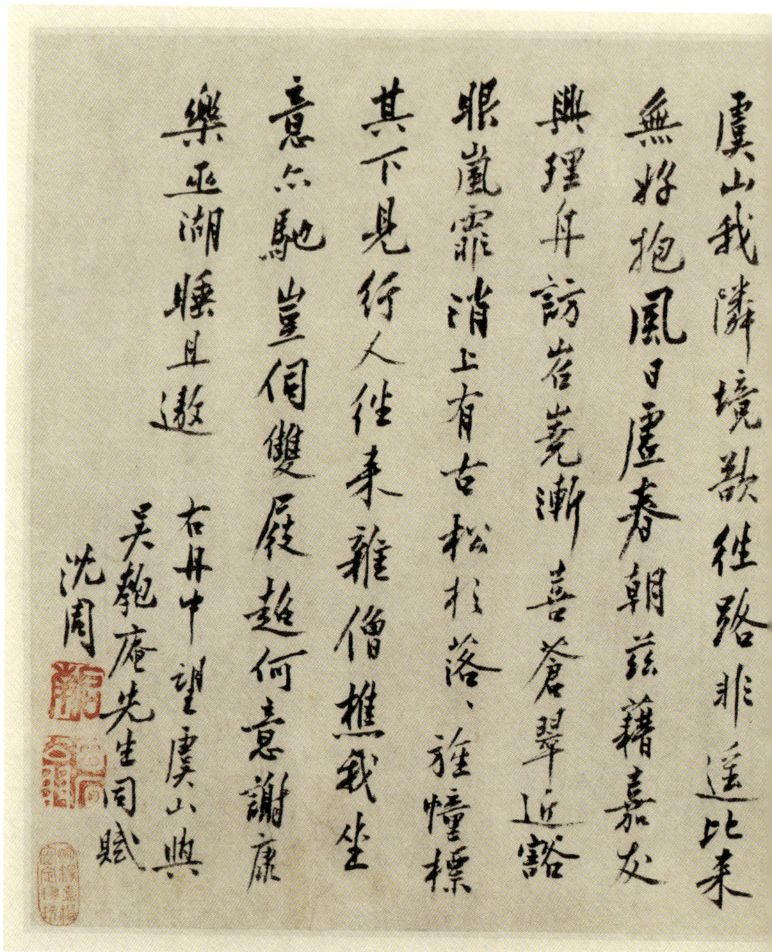
虞山我隣境歎徃路非遥比来
無好抱風日虛春朝兹藉嘉友
興理舟訪岧嶢漸喜蒼翠近豁
眼嵐霏消上有古松杉落、旌幢標
其下見行人徃来雜僧樵我坐
意亦馳豈伺雙屐翹何意謝康
樂巫湖勝且遨
右舟中望虞山與
吳匏庵先生同賦
沈周

图5 沈周，《吴中山水册》之『舟中望虞山与吴匏庵同赋』
册页，纸本水墨
故宫博物院藏

抵达虞山后，二人登岸沿山南向西而上，首先游览了南岭的致道观。在这里，沈周与吴宽看到“七桧交云霞，灵飚散青馥”[15]的景象。这七棵古桧以北斗七星的阵列排布，传为真人张道裕在梁天监二年（503）手植，构成了名为“七星桧”的景观。不过，对于这些桧树究竟是否为梁朝遗物，沈周也未敢定论。直到后来，在弘治五年（1492）的另一次致道观之行中，他写下《七星桧》长诗，才明确指出其中只有三株为梁桧，并详细描述了它们的形态。沈周非常喜欢这些桧树，几乎每次游览虞山都要前往观赏描摹。与吴宽同游后的成化二十年（1484），他便怀着“老去登临夸健在，旧游山水喜重来”[16]的心情，再赴致道观写生梁桧。沈周向许多人介绍过这一景观，例如他曾应女婿史永龄之请，为从未到过虞山的好友兼亲家史鉴写生梁桧，带回苏城同赏。（图 6）

不过吴宽似乎对这些桧树并没有太多兴趣，甚至未在其游记中提及。给他留下深刻印象的，是从致道观再往西的昭明太子读书台，以及山下的丹井。有趣的是，吴宽认为丹井与东晋的葛洪有关，而沈周则认为是元代隐士徐辰翁留下的遗迹。

就这样，沈周与吴宽在虞山畅游半日，吊古赏景，相互酬唱，不仅“伸纸惊连章”，[17]最后还由沈周“缪图附一轴”。[18]二人在山水之间流连忘返，直到日头西沉方才返棹。踏上归途，吴宽意犹未尽：“佳山难为别，持酒忽惆怅。悠然一回首，舟尾迭青浪。”[19]直到数年后，当他在为钱承德所藏另一件王均章所作的虞山图题跋时，还对当年的虞山

图6 沈周，《三桧图》
手卷，纸本水墨
南京博物院藏

之旅充满遗憾："扁舟昆湖去，忆向虞山还。当时迫日暮，未得穷跻攀。"[20]

"行行望不辍，去远思滋深。"[21]归途中的沈周同样不舍。据吴宽所言，为了宽慰自己，沈周在舟中为他作画留念。然而，相比于万种的离情，沈周内心何尝不知笔墨的无力——"所思何以写，丹青亦难任。"[22]

"老人昔共游虞山，此景仿佛曾跻攀。昆湖荡漾临几席，水绕渔庄凡几湾。"[23]身在北京的吴宽，每每面对沈周所绘的虞山，总会想起那个难舍难分的傍晚。而长居吴中的沈周，后来也时常回到虞山，并将这里的景物与故事诉诸笔端。成化十四年与吴宽的那场春游，也给了沈周"北窗更爱虞山色"的理由。

注释

〔1〕（明）吴宽：《为钱世恒题石田雪景》，《家藏集》卷二十六，据四部丛刊影印明正德本。

〔2〕上揭文。

〔3〕上揭文。

〔4〕上揭文。

〔5〕（明）沈周：《雨夜宿吴匏庵宅》，《石田先生诗钞》卷一，收录于《沈周集》，上海：上海古籍出版社，2013年，第46页。

〔6〕上揭文。

〔7〕（明）沈周：《奉和陶庵世父留题有竹别业韵六首》，《石田先生诗钞》卷五，收录于《沈周集》，上海：上海古籍出版社，2013年，第126页。

〔8〕（明）沈周：《二月二十日与匏庵放舟游虞山舟中见山有作》，《石田先生诗钞》卷一，收录于《沈周集》，上海：上海古籍出版社，2013年，第48页。

〔9〕（明）吴宽：《与启南游虞山三首》，《家藏集》卷五，据四部丛刊影印明正德本。

〔10〕（明）沈周：《留题拂水岩真公房》，《石田先生诗钞》卷三，收录于《沈周集》，上海：上海古籍出版社，2013年，第85页。

〔11〕上揭文。

〔12〕（明）沈周：《经尚湖望虞山》，《石田先生诗钞》卷一，收录于《沈周集》，上海：上海古籍出版社：2013年，第41页。

〔13〕上揭《与启南游虞山三首》。

〔14〕上揭文。

〔15〕（明）沈周：《舣舟山下因游致道观登梁昭明读书台访徐辰翁丹井复作一首》，《石田先生诗钞》卷一，收录于《沈周集》，上海：上海古籍出版社，2013年，第48页。

〔16〕（明）沈周：《四日游虞山画梁桧而回》，《石田先生诗钞》卷六，收录于《沈周集》，上海：上海古籍出版社，2013年，第151页。

〔17〕上揭《舣舟山下因游致道观登梁昭明读书台访徐辰翁丹井复作一首》。

〔18〕上揭文。

〔19〕上揭《与启南游虞山三首》。

〔20〕（明）吴宽：《题海虞钱氏所藏王均章虞山图》，《家藏集》卷十一，据四部丛刊影印明正德本。

〔21〕（明）沈周：《留连山间迨暮始返棹》，《石田先生诗钞》卷一，收录于《沈周集》，上海：上海古籍出版社，2013年，第49页。

〔22〕上揭文。

〔23〕（明）吴宽：《为屠大理题石田画》，《家藏集》卷十八，据四部丛刊影印明正德本。

登顿入地中，足与石角斗
——沈周诗画中的张公洞

弘治十二年三月二十一日（1499年4月30日）的深夜，春雨降临在宜兴的山区。投宿在此的沈周，听着屋外雨水打在房檐上的淅沥声响，原本激动的内心渐生寒凉。

明天，他与同行的本地好友吴纶（字大本）本打算早起畅游当地的名胜张公洞。对于已经七十三岁的沈周而言，张公洞是他向往已久的景观。所以，当吴纶突然向他倡议前往游览张公洞时，沈周一拍即合："业已订之矣！"[1]于是，二人"理舟载酒"，"迤逦四十余里，始舍舟陆行"，[2]一路涉水跋山，直到日暮时分才抵达张公洞附近，安顿下来。

据沈周自己所言，之前他曾两次前往张公洞，但都未能成行，抱憾而返。挚友吴宽曾记下其中一次遗憾的经历：沈周早先曾同样在另一位宜兴友人吴俨（字克温）的陪伴下来到张公洞，无奈"辄为雨阻"，[3]而未能得览。由此看来，这场夜晚突如其来的春雨，不仅很可能再次扰乱他们的计划，更如同情景再现般地撩拨着暮年沈周的心弦——"必败乃事矣！"[4]——难道明天的圆梦之旅又要被恼人的雨水所打断？（图1）

张公洞为何如此吸引着沈周？据吴纶所言："张洞，果老修真处，古福地之列，吾邦之仙域也。"[5]传说张果老曾在此修仙，但这并不是沈周向往此地的唯一原因。

“神仙未易求，冥采亦何遘。”[6]虽然是福地仙域，但是张公洞里的神仙并不容易得见。真正吸引沈周的，还是张公洞本身的神秘与妙奇。

此洞的神秘，仅从沈吴二人寻找洞口的波折经历便不难看出。当二十一日傍晚一行人舟车劳顿到达时，“望西南诸山，高下层叠丛然，莫知所谓洞处”。[7]而当他们向遇到的樵夫询问时，后者却指着不远处的一座小山包说：“此中是已。”[8]这个回答显然出乎沈周的意料，他顺着樵夫所指望去，“其山于群山最下而小，计其高不过二十仞”。[9]在沈周看来，这么矮小普通的山包之下，怎么会是“灵区异壤”[10]的所在呢？顺着曲折的田埂又走了三里，沈周他们总算来到张公洞附近。

经过一番地表勘察，沈周发现一处被称为“洞之天窗”的洞口。他向里张望，发现里面十分晦暗。而在张公洞的洞口，沈周发现“有石衡亘于上，如门楣然”，[11]一些人工的痕迹出现了。除此以外，还有一块方形的摩崖石刻，但迫不及待的沈周并无暇去阅读石刻的文字，而是随即进入了洞口。洞口非常狭小，“入必俯首”，旁边还放着一处纹理清晰的片石。这块石头被当地人传为“仙秤”，但沈周认为这是好事者摆下的附会之物。看来，他对所谓的“仙域”并不十分感兴趣。

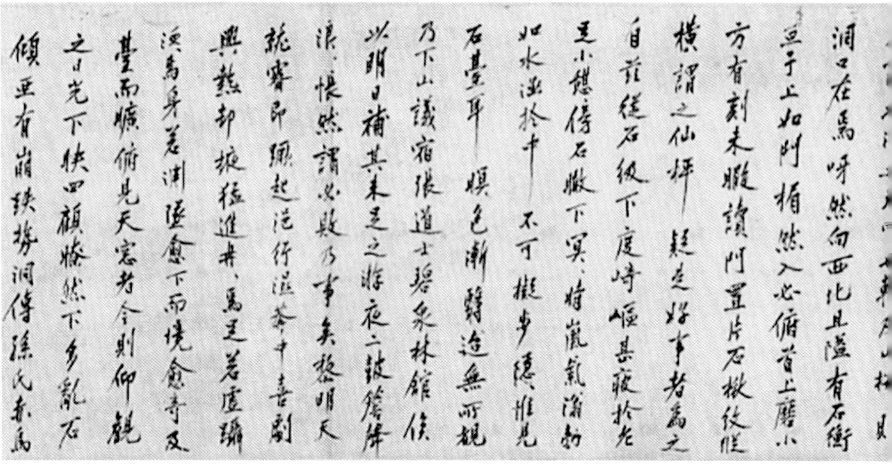
洞口在焉呀然向西北且隘有石衡
亘于上如門楯然入必俯首上磨小
方有刻未暇讀門置片石
横謂之仙坪疑是好事者爲之
自前從石級下度崎嶇甚窄於左
足小穩傍石壁下冥冥時嵐氣滃勃
如水溢於中不可擬步隱隱惟見
石臺耳顧色漸黯造無所睹
乃下山議宿張道士碧泉林館俟
以明日補其未足之游夜二鼓
浪浪悵然謂必敗乃事矣黎明天
既霽即飒起
渓焉身若渊隘愈下而境愈奇及
臺而曠俯見天窗者今則仰觀
之日光下映四顧豁然下多亂石
傾亞有崩缺

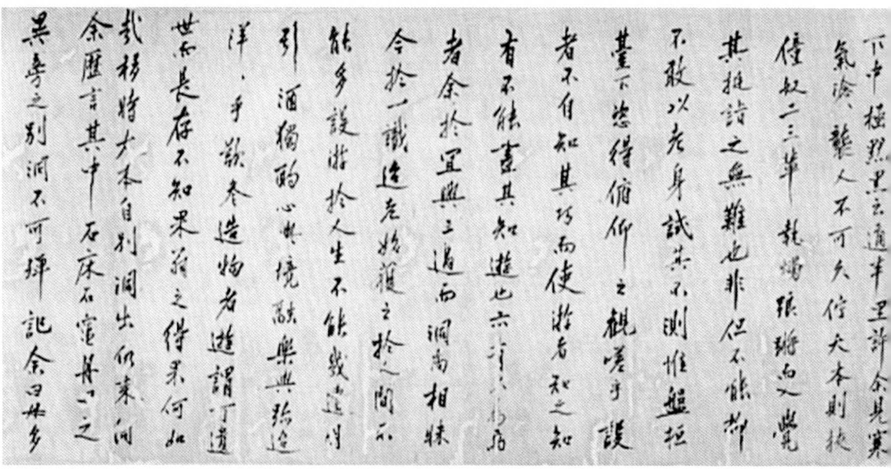
氣淪淪襲人不可久佇大本則挾
僮奴二三輩執燭
不敢以危身試叵測惟盤桓
臺下恣得俯仰之觀嗟乎
者不自知其巧而使游者知之知
有不能盡其知
能多設游於人生不能
引酒獨酌心與境
世而長存不知
余歷言其中石床石窟
異奇之別洞不可埒

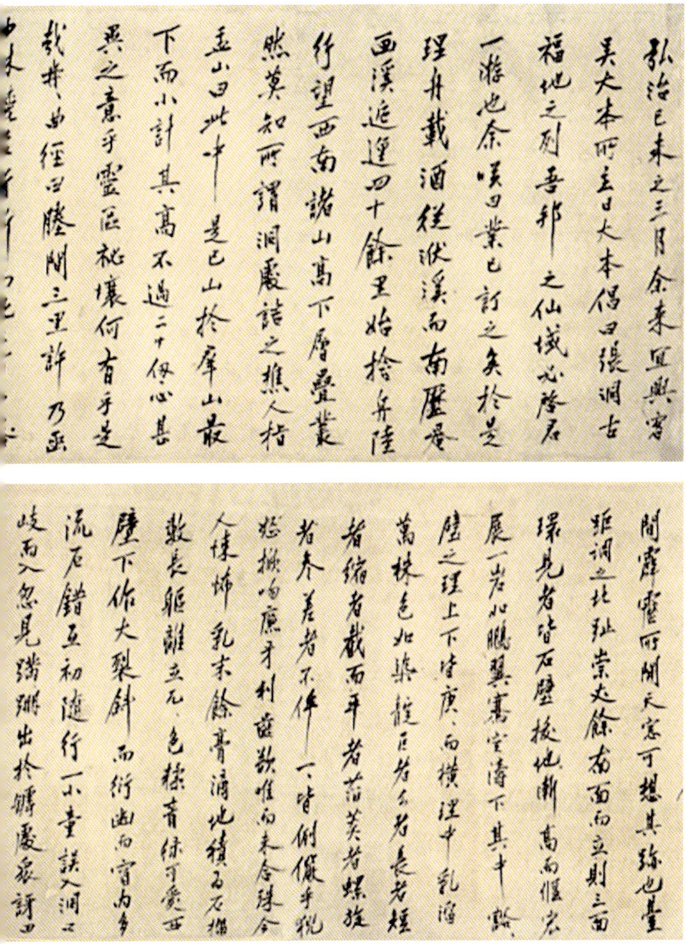

图一 沈周，《游张公洞记》（局部）
手卷，纸本水墨
故宫博物院藏

初入张公洞的沈周顺着石阶而下，没走多久就感觉“老足甚疲”，于是便坐在一旁的石头上小憩。顺着石阶继续向下望去，他发现“岚气滃浡”，洞底的水汽蒸腾而上，阻碍了视线，只得适可而止。但在茫茫的水汽中，他隐约看到了石台。此时，天色已晚，水汽弥漫又阻碍了去路，在吴纶的建议下，他们转而投宿于隐居在附近的道士张碧林处，准备第二日一早再探洞内。

熟料，半夜的一场春雨，令沈周夜不能寐，心忧不已。

幸运的是，第二天一早，雨后初霁。沈周“喜剧兴热”，“即蹶起，厌浥行湿莽中”，[12]直奔张公洞，欣喜之余，他竟连草间的湿漉都不顾了。在这次探洞中，沈周已没有昨日旅途的疲惫。他健步如飞，“却掖猛进”，一路向下，自感“足若虚蹑”，“身若渊坠”，但所见的景色则是“愈下而愈奇”。

沈周直接到达了昨日隐约所见的石台。石台上正落下从“洞之天窗”射下的阳光，其三面则为石壁所环绕。在石台周围，洞顶挂下的密密麻麻的钟乳石，引起了沈周极大的兴趣。他看到这些钟乳石大多“色如染靛”，呈现渐变式的青色。它们的形态各异，“巨者、么者、长者、缩者、锐者、截然而平者、菡萏者、螺旋者，参差不侔”。[13]沈周几乎用尽了全部自己所能想到的形容词，而当他身临其境，凝望着这万条垂下的钟乳石良久之后，忽然感觉一阵惊悚。在幽暗的洞穴中，湿漉漉的钟乳石在微弱的光线照射下闪烁着冷光。其上滴下的水珠，不仅冷不丁落在沈周的身上，触动寒战，亦会发出滴落的声响，并在空寂的洞穴中被放大音量。刚才还觉得形态万千的钟乳石，忽然在沈周眼中变成了“一一皆倒悬，俨乎怒猊掀吻，廉牙利齿，欲噍而未合”[14]的可怕模样，“殊令人悚悚”。[15]如此强烈的反差，显示出这些钟乳石给沈周留下的深刻印象。而在他为纪念这次游览所专门创作的《游张公洞图》中，我们仍可以看到画家花费了大量的笔墨描绘数量巨大、形态各异的钟乳石。（图 2）

在石台周围欣赏钟乳石之后，沈周随着小僮的引领，意欲进一步深入洞穴之中。结果刚前进不远，沈周便深感“寒气浍浍袭人，不可久竚”，[16]掉头返回到石台，开始“引酒独酌”。[17]然而，同行的吴纶并不畏惧，沈周眼见他带领着两三个僮仆，举着火把踉跄深入，不禁赞叹此人真是知难而上，投去赞许的目光。反观年迈体弱的自己，他不禁自我安慰道：“抑不敢以老身试其不测。”[18]

看来，对于张公洞神秘而奇妙的景色，沈周虽心向往之，却能适可而止，非但不贪恋，反而颇为知足。“余于宜兴二过洞，尚相昧，今于一识，迨老始获之。可信境于人间不多设，游于人生不能几遭。”[19]而就在前一次因雨阻而未能成行的张公洞之游后，他也曾发出类似的感叹：“名山之游，信有命也。”[20]

此后，沈周始终坐在石台上独酌赏景，不再行动。他体会着“心与境融，乐与迹超”[21]的快乐，感受着造物的神奇。直到从其他洞口钻出的吴纶回到他的身边，这样的畅神才被打断。面对吴纶向他力荐洞中深处更为奇绝的景色，沈周婉言谢绝：“毋多诧我，我亦有神，偕子往矣。”[22]——“我的内心已随你同往。”

与吴纶的这次张公洞之游，是沈周的圆梦之旅。应东道主之邀，沈周创作了诗文与绘画来纪念这次探险。后来，诗文传至北京，同为吴纶好友的吴宽读之自感“虽未及游，而兹洞已在吾目中矣”。[23]的确，时至今日，读起沈周的这篇游记，依然令人身临其境。这不仅因为作者细致的观察与细腻的表达，更因其字里行间无处不蕴含了作者畅游的“心”“乐”与“神”。

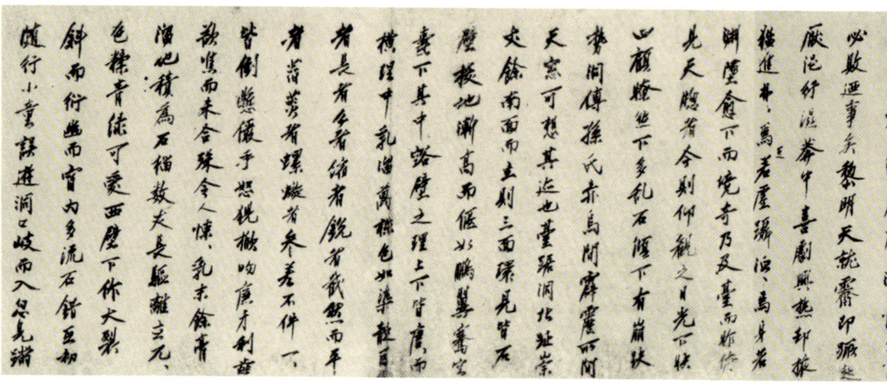

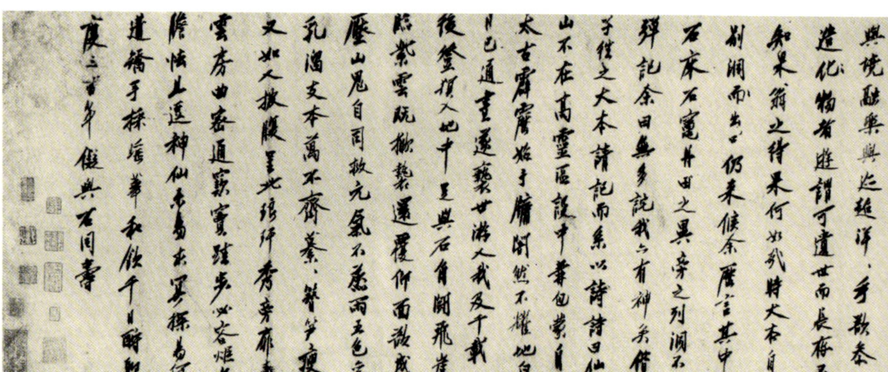

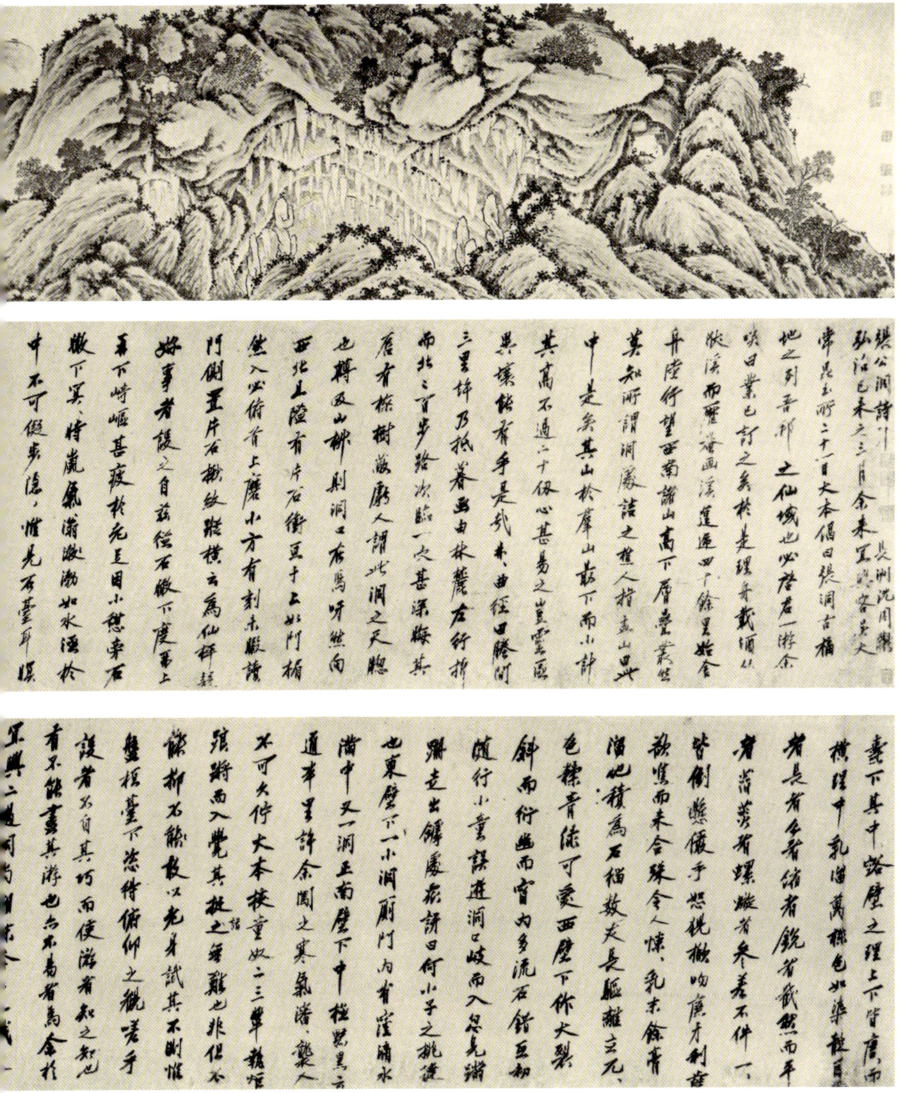

图2　沈周（款）《游张公洞图》手卷，纸本设色　藏地不详

注释

〔1〕 （明）沈周：《游张公洞并引》，《石田先生诗钞》卷四，收录于《沈周集》，上海：上海古籍出版社，2013 年，第 107 页。

〔2〕 上揭文。

〔3〕 （明）吴宽：《跋沈石田〈游张公洞〉诗后》，《家藏集》卷五十五，据四部丛刊影印明正德本。

〔4〕 上揭《游张公洞并引》。

〔5〕 上揭文。

〔6〕 上揭文。

〔7〕 上揭文。

〔8〕 上揭文。

〔9〕 上揭文。

〔10〕 上揭文。

〔11〕 上揭文。

〔12〕 上揭文。

〔13〕 上揭文。

〔14〕 上揭文。

〔15〕 上揭文。

〔16〕 上揭文。

〔17〕 上揭文。

〔18〕 上揭文。

〔19〕 上揭文。

〔20〕 上揭《跋沈石田〈游张公洞〉诗后》。

〔21〕 上揭《游张公洞并引》。

〔22〕 上揭文。

〔23〕 上揭《跋沈石田〈游张公洞〉诗后》。

西湖归梦有青山

——沈周诗画中的杭州

“碍檐玉树排云立，接屋瑶峰拔地生。”[1]江南的冬天寒意彻骨，而沈周眼中的冬景却俨如仙境——即便是房檐下挂着的条条冰凌，在他看来，亦如“玉树”一般。然而，这寒冷的“仙境”依然令人却步。“晓寒薄骨非轻出，不为梅花不动情。”[2]对沈周而言，唯有梅花的暗香芳姿，才是严冬里最好的慰藉。

“踏雪寻梅”的传说无论对于五百多年前的沈周或是今天的我们而言，都再熟悉不过了。在现存台北故宫博物院的一件沈周名下的《雪景图》轴中，（图 1）画家再现了这样的意境。他将山石留白，以淡墨晕染天空与水面，反衬积雪的外观，烘托出落雪时水天一色的朦胧之感。远景中，群山巍峨，既有主峰耸立，亦有泉壑幽深，更有溪山无尽、远山缥缈，显示出画家对山水画传统的丰富体认与巧妙融合。前景里的六株枯树交相掩映，两位行者一人骑马，一人步行，从山中走出，正在踏雪过桥。他们去往何方？沈周在画面右上角的题诗中给出了答案：“雪里高踪为探梅，独骑瘦马踏寒来。”梅在何处？沈周同样指明了方向：“西湖第六桥头路，扑鼻新香已试开。”

沈周对西湖边梅花的深刻印象，并非凭空臆想。画中的意境，或许很容易令他想起成化七年（1471）冬春之交的那场杭州行。

图一 沈周，《雪景图》
立轴，纸本水墨
台北故宫博物院藏

这次旅行酝酿已久，组织者是吴江人史鉴（字明古，号西村）。大约在三四年前，他便与刘珏（字廷美，号完菴）和沈周共同订下了赴杭的计划，但后来由于大家各自奔忙，始终未得成行。事实上，已经年过六旬的刘珏才是此行真正的发起者。此时，他已从山西按察司佥事任上告老还乡七年有余，吴中的后辈们大都依据官职尊称其为“刘佥宪”。在这七年里，沈周与这位亦师亦友的长辈交游甚勤。而同样也是在这七年间，沈周经吴宽介绍，与史鉴相识，并由此开启了二人一生的友谊与姻亲之分。可见，此番杭州之行源于三人初识后不久便许下的约定，而能够与刘珏和沈周这样的“名人胜士”同游，亦是史鉴促成此行的重要理由。

尽管杭州与苏州相隔不远，只消三四日舟行便可抵达，但史鉴依然非常认真地做着准备工作，他甚至还提前一个月专程赶到相城，与沈周商定行程。沈家二弟沈召（字继南）闻讯，亦欲同往。就这样，一个“观光团”成立了。

按照约定，三位自苏州而来的朋友于二月初四（2 月 23 日）抵达吴江史家留宿。第二天一早，四人一同发舟沿运河南下直抵杭州。然而，天不作美。二月初六（2 月 25 日），一行人刚至嘉兴便为风雪所阻。不过，刘珏并不介怀，他还乘兴作了一幅小画送给沈召。这件今天被称为《临安山色图》的画作，现藏于美国弗利尔美术馆。其上还留有刘珏那天的题诗：“山空鸟自啼，树暗云未散。当年马上看，今日图中见。”字里行间毫无焦虑之情，反倒颇为从容淡定。史鉴和诗亦在其侧：“山光凝暮云，风来忽吹散。借问在山人，何如出山见。”望着远处白雪皑皑的临平山，满怀期待的史鉴似乎更盼望能够尽快到达。而沈周则认为观赏刘珏此作并不亚于亲游湖山之胜，甚至以“何必到西湖”之语大加赞美，他认为此图既出，“何待于南游哉？”（图 2）

突如其来的飘雪，虽阻碍了舟行，却给旅人带来别样的视觉体验。史鉴记录下了雪后舟过临平山时他们所看到的景象：“时快雪新霁，重岗复岭，积素凝华。上下一色，寒光皓彩，夺人目睛，琼林玉树，布列岩崖上，玲珑玓瓅绝可爱。

雲來溪光合月
出竹影散何必到
西湖始与山相見
劉僉憲挈予三
人遊臨安阻雪予
雋李僉憲為繼南
弟作小景短吟種、
可羨湖山之勝恍
在目前尚何待於
南遊哉史明古偕
予和之聊遣客
懷爾辛卯二月己
酉灯下沈周書

图2　刘珏，《临安山色图》
手卷，纸本水墨
美国弗利尔美术馆藏

凡断腭之状，苍翠之色，俱蒙被皎白，敛巧藏奇，一返太朴。如仙姝玉女，不为世俗艳媚态，而淡妆素服，风韵高洁，终异凡人。”[3]画里仙境一般的雪后世界出现在旅人的眼前，想必此时的沈周亦是沉醉其间。就连年长的刘珏也赞叹“斯景为不及见”。[4]沈周人生中的第一次杭州行，一如前述《雪景图》中的人物那样，踏雪而来。

自临平过后，运河逐渐转为南向。继续行舟六十里，一行人便到达了杭城。他们首先换乘肩舆进入市区，前去拜访沈周素未谋面的“笔友”刘英（字邦彦）。不凑巧，后者并不在家。于是，四人“投刺而去”，[5]留下了访客信息便转道洪福桥边的诸中（字立夫）家。诸立夫是史鉴的好友，他招待一行人用饭，并在饭后带领大家步行前往西湖北岸的宝石山及其附近的保叔寺游览。在这里，他们见到了山僧“傅上人”，他曾在一年前与史鉴相交并约定来年再会。因此，当其听说史鉴一行来访，便十分高兴地出门来迎，并将几位客人引至半山腰的僧房。这里面朝西湖，视野开阔，杭城景物一览无余。傅上人又奉上美酒相邀，客人们一边品酒赏景，一边畅叙幽情。颇为兴奋的史鉴忽然注意到此时的沈周有些“沉默”——只见他不时站起来独自凭栏远眺，既不太参与聊天，也不怎么喝酒，一副“穆然若忘，凝然若寂”[6]的模样。不过，史鉴并没有打扰他，反倒揣测沈周可能正在“与造物往游而不息”。[7]其实，此时的沈周虽然满眼皆是湖光山色，但内心却忽然思念起北方的家乡：“故乡迢递独登塔，烟水长洲一望中。”[8]或许，对于常年游走吴门的沈周而言，这样背井离乡的体验实在难得。

当晚，众人留宿在保叔寺僧修公的僧房，意欲辞别的诸立夫也被挽留下来。僧房外，竹声潇潇，月色溶溶。“更喜修公知客况，夜灯呼酒杂茶瓯。”[9]沈周记录下了当晚宾主挑灯夜话、把酒言欢的场景。

第二天上午，刘邦彦闻讯赶来。随后，他们一同启程。先是在附近的智果寺观赏参寥泉，道经葛岭贾似道故居，又拜谒了岳飞墓。随后便一路向西入山，前往灵隐与天竺一带游玩。他们原本打算在途中投宿于芝岭的普福寺，却不料寺僧均外出未归，于是只好继续前行。随后不久即出现在眼前的飞来峰，令疲惫的旅人陡然来了精神。

在这个被史鉴誉为“诸山冠”[10]的地方，一行人看到了从未见过的奇石幻境。畅游其间，沈周仔细地打量并玩味着每一处石峰与造像：“落落仙班齐玉笋，岩岩宝座拥青莲。天龙祭藏球琳积，孔雀屏风紫翠连。”[11]在他眼中，冰冷的岩石幻化为斑斓的仙界，令其艳羡不已。相比于老家天平山上的飞来峰，沈周甚至更希望能将这座“飞来之峰”“移借苏州合数年”。[12]若这样不行，那他也情愿“余酣且就洞中眠”。[13]

在飞来峰前的冷泉涧畔，一行人邂逅了刚从城中归来的灵隐寺僧详公（号慎庵，亦称祥公）。初次见面，详公似乎并不在意沈周一行人的身份，而是注意到他们随身携带的书册，便由此心生好感。他们一同在冷泉亭中饮酒小憩，直至月落。当晚，沈周他们便投宿于灵隐寺内的详公禅房“面壁轩”中。

“武林名胜当此先”，[14]飞来峰给沈周留下了深刻的印象。即便在第二日游历了附近的上中下天竺寺后，他还是对飞来峰情有独钟。当晚，他们在详公的频频催促下回到灵隐寺。不同于前日偶遇的随性，详公已经备下酒宴恭候。这一晚，宾主相谈甚欢。在详公的邀请下，沈周秉烛作图并赋诗其上以“留山中为故事”，[15]刘珏、史鉴亦和诗其上。这件《飞来峰图》曾现身后世，然而现在却已不知所终。（图3、图4）

在灵隐一带迁延两日后，一行人按计划启程南行。当他们再次经过那个通往飞来峰的路口时，刘珏与沈周忍不住放缓脚步，时时回顾。

接下来的几天里，他们继续游览了烟霞洞、石屋洞、虎跑寺等处，随后又向东来到了南屏山前。在这里，他们访问了净慈寺，并与寺中的老僧攀谈。老僧说道：“杭之诸寺，灵隐秀气，虎跑清气，净慈市气。”[16]对此，史鉴与沈周深以为然。

图3

沈周（款），《灵隐山图卷》

册页，纸本水墨

藏地不详

尽管当晚所作的那件画作今天已难觅其踪，但从沈周传世作品中为数不少的灵隐、飞来峰主题画作里，不难发现此地对画家所产生的影响。这件名为《灵隐山图卷》的作品，被后人拆分装裱为册页，目前仅有黑白印刷品传世。

图 4

沈周（款），《飞来峰图》

立轴，纸本设色

上海文物商店旧藏

尽管同样描绘了飞来峰，但此作并非历史记载中曾经出现过的那件《飞来峰图》，更非沈周当晚所作的那件作品。

净慈寺边，雷峰塔畔，六桥卧波湖中，贯通南北两岸。“六桥”是苏堤的别称，因堤上建有六座石桥而得名。沈周一行由此折返北岸，西山之游至此告还。穿行于苏堤之上，湖底星星点点的金色石子夺目可爱，粼粼波澜仿佛就在手边。史鉴将这段美妙的行程比为畅游仙境一般：“客连舆循行，若驾飙车，驱羽轮，凌弱水，而遨游乎蓬、瀛、方丈间也。”[17]沈周也沉醉其间，写下了“游因湖便人忘妙，趣在山多酒放迟”[18]的诗句。而彼时苏堤两岸柳树微绿，梅犹繁盛的春意阑珊，更令他发出“问柳漫寻前代迹，看花还忆少年时”[19]的慨叹。六桥的新柳与残梅，就这样植根在了沈周的心田。直到后来，当他绘制那件巨幅的《雪景图》时，六桥的梅花，再度绽放于他的笔端。

回到北山，沈周一行继续游历了玉泉寺、紫云洞。后来，他们还曾三度泛舟西湖之上，遍赏孤山以及杭城东南部的凤凰山、万松岭，凭吊宋故宫，观赏钱塘潮。就这样，一行人不知不觉逗留了将近半月。而杭城亦一反春雨连绵的恼人常态，直到观潮那日过后，一场大雨才忽然降临，惊醒了这群苏州来客：“天之成全吾者至矣，可不知止乎？”[20]天意使然，该回家了。

“明日临平山下路，多情聊复重回头。”[21]返程前夜，刘珏在保叔寺挑灯写下了这样的诗句。半月行旅历历在目，顾望来路，一行人恋恋不舍。

回到苏州，虽未能真的将飞来峰借回家乡，但杭州行旅的回忆却长久地伴随着沈周，并频频出现于他的画中。在日本大阪市立美术馆所藏的一件传为其所作的《灵隐旧游图》上，留有“前年记宿老僧房，清梦而今绕上方”的题诗。（图5）杭州之行后的第二年春，灵隐寺僧详公特意来到相城拜访沈周。相聚“有竹居”，二人再续前缘，后者遂写下“顷年自杭游回，梦寐未尝不在紫翠间也”这样的诗句以表对旧游的怀念——看来，故地重游的景象时常在他的梦中浮现。而在现藏浙江省博物馆的《湖山佳趣图卷》后，晚年的沈周仍然执着地表达着他对西湖山水所怀有的眷恋。（图6）

图5
沈周（款），《灵隐旧游图》
立轴，纸本水墨
日本大阪市立美术馆藏

据此作上部的沈周题跋所言，此作乃为详公所绘，作于杭州之游后的第二年。当详公此时来到苏州回访沈周一行时，刘珏已经溘然长逝。

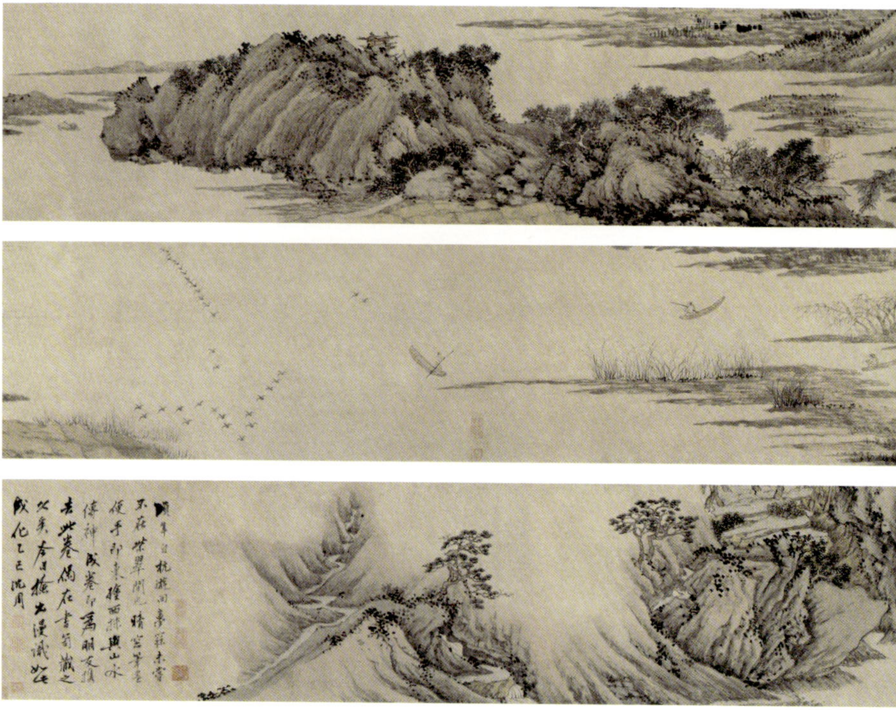

图6 沈周，《湖山佳趣图卷》
手卷，纸本设色
浙江省博物馆藏

“刘郎史伯及吾弟，一船四客如登仙。”[22]就在成化七年的那场杭州之旅结束后的第三年，当沈周送别前来回访的诸立夫返棹杭城之际，恍惚间仿佛又看到了当年四人同船南下时的光景。然而，“旧游一梦惊三年”[23]——就在一年前，刘珏与沈召相继离世——“登仙之船”已然启航，四人同游彻底成为了“旧梦”。“西湖归梦有青山”，[24]沈周明白，唯有永恒的湖山，才是这“旧梦”得以永生的寄托。

注释

〔1〕　（明）沈周：《雪景》，《石田稿》，收录于《沈周集》，上海：上海古籍出版社，2013年，第478页。

〔2〕　（明）沈周：《雪后》，《石田先生诗钞》卷六，收录于《沈周集》，上海：上海古籍出版社，2013年，第143页。

〔3〕　（明）史鉴：《记临平山一》，《西村集》卷六，据清文渊阁四库全书补配清文津阁四库全书本。

〔4〕　上揭文。

〔5〕　（明）史鉴：《记宝石山二》，《西村集》卷七，据清文渊阁四库全书补配清文津阁四库全书本。

〔6〕　上揭文。

〔7〕　上揭文。

〔8〕　（明）沈周：《至保叔寺》，《石田稿》，收录于《沈周集》，上海：上海古籍出版社，2013年，第367页。

〔9〕　（明）沈周：《修公房》，《石田稿》，收录于《沈周集》，上海：上海古籍出版社，2013年，第367页。

〔10〕　（明）史鉴：《记参寥泉鄂王墓飞来峰三》，《西村集》卷七，据清文渊阁四库全书补配清文津阁四库全书本。

〔11〕　（明）沈周：《飞来峰》，《石田稿》，收录于《沈周集》，上海：上海古籍出版社，2013年，第368页。

〔12〕　上揭文。

〔13〕 上揭文。

〔14〕 上揭文。

〔15〕 （明）史鉴：《记韬光庵三天竺寺四》，《西村集》卷七，据清文渊阁四库全书补配清文津阁四库全书本。

〔16〕 （明）史鉴：《记南屏山玉泉寺紫云洞七》，《西村集》卷七，据清文渊阁四库全书补配清文津阁四库全书本。

〔17〕 上揭文。

〔18〕 （明）沈周：《西湖用史明古韵》，《石田稿》，收录于《沈周集》，上海：上海古籍出版社，2013 年，第 371 页。

〔19〕 上揭文。

〔20〕 （明）史鉴：《记凤凰山胜果寺澥江潮十》，《西村集》卷七，据清文渊阁四库全书补配清文津阁四库全书本。

〔21〕 （明）刘珏：《宿保叔寺》，《完菴集》，北京：中华书局，2019 年，第 59 页。

〔22〕 （明）沈周：《送诸立夫归钱塘》，《石田先生诗钞》卷一，收录于《沈周集》，上海：上海古籍出版社，2013 年，第 39 页。

〔23〕 上揭文。

〔24〕 （明）沈周：《送诸立夫归杭》，《石田稿》，收录于《沈周集》，上海：上海古籍出版社，2013 年，第 363 页。

惠山怪我昨径去

——沈周诗画中的惠山与二泉

“青山最近城西路，城市山林向此分。”[1]成化十七年的三月五日（1481年4月3日），春回虎丘。沈周又一次来到这里，期待开启一场美妙的林泉邂逅。

就在一年前，沈周还曾于此为即将北上治水的徐源饯别。相较于往常充斥着离愁的隐忧，一年后的这场春游，给他带来愉悦的感受。“流水鸣禽真作乐，落花芳草自成文。”[2]虎丘的春景欢快而明媚，展现于沈周的笔头。

沈周的愉悦不仅来自映入眼帘的春景，亦与一同出游的伙伴有关。同行者中，除了正在苏州老家丁继母忧的李应祯（字贞伯）以及史鉴父子外，还有来自无锡的秦夔（字廷韶）。

此时的秦夔，已担任了近九年的武昌知府，正因母丧丁忧在家。作为北宋文人秦观后裔的他，“幼嗜学于书，无所不读，为文下笔累数百言，滔滔无滞”。[3]时人评价他“诗清丽有唐人风”，[4]且“遇山川佳胜处，登临怀古，形之赋咏尤多”。[5]不无例外，当他此番游览虎丘之时，亦曾留下“虎阜重游处，登高野兴浓。笑谈陪二老，徙倚对孤松”[6]的诗句。由于史鉴比秦夔小一岁，故而诗中提到的“二老”应指李应祯与沈周。

“冉冉春日落，登登游兴浓。”[7]这场虎丘之游一直持续到夜晚，仍难舍难分。“晚漱余酣泉上立，万家烟火隔松云。”[8]一行人把酒言欢，眺望着城中的灯火阑珊，不仅沉湎于城市山林的交错空间，亦抒发出古今之叹——“为问东林社，他年或我容？”[9]他们联想到东晋时庐山脚下东林寺中的白莲社——那里一样置身事外、高士云集。

“为报使君须一宿，老僧先拂石床云。”[10]如此美好的夜晚当然应该尽兴。沈周似乎也已与山僧约定，安排众人当晚借宿于虎丘的山寺。不过，来自秦家的差役不期而至，带来了朝廷颁赐秦母的封诰已到的消息。秦夔闻讯，只得作别老友，匆匆连夜返锡。“使君归捧诰，一宿不能容。”[11]第二天，当朋友们推举沈周为此行作图留念时，他仍为这场夜游的戛然而止“耿耿于怀”。

沈周介怀的原因之一，还在于他原本“为报使君”而来，却未能如愿。他所要报答的缘由，很可能是前一年在秦夔陪伴之下的那场惠山之游。

在此之前，沈周当未亲身游历过惠山，但必定有所耳闻。成化七年（1471）的初夏，沈周的伯父沈贞（字贞吉，号南斋）前往毗陵（今常州一带）游玩。路过无锡时，他造访了位于惠山脚下的竹炉山房。这座山房以一尊烹茶所用的竹炉闻名。根据秦夔后来的考证，竹炉原本“乃洪武间惠山寺听松庵真公旧物”，[12]只不过在永乐时期不知所终，空留下一时文人雅士的吟诵题咏。成化十二年（1476）冬以来，在秦夔的襄助之下，竹炉方才重现人间并得以物归原处。因此，此前到访的沈贞并未能见到这尊竹炉的真身。在其当时为寺僧普照所作的画轴中，我们可以看到沈贞与僧人正坐在翠竹环绕的茅屋中对谈，而这应当就是竹炉山房当年的模样。屋外，小僧正在用普通的茶炉烹煮着二泉之水。根据沈贞留在画上的题记，当晚亦是在这竹炉山房中，他与普照小酌。微醺之际，应后者之请，沈贞挑灯绘制了这幅纪实之作相赠。（图1）

图一 沈贞，《竹炉山房图》
立轴，纸本设色
辽宁省博物馆藏

沈贞回到苏州后，很可能向沈周提及这次在惠山游历的经过，甚至有可能吐露过对竹炉佚失的遗憾，而这或许便在沈周的心中埋下了向往的种子。

自从竹炉复原，名副其实的竹炉山房便成为秦夔陪同友人游览惠山时的必到之处。成化十五年三月丁卯（1479 年 4 月 2 日），服阙上京的吴宽由好友李应祯等人相送，自苏州启程途经无锡，受到秦夔等当地文士的热情款待。当天午后，应秦夔之邀，吴宽一行游览了惠山，并来到听松庵观赏刚刚恢复不久的竹炉。相比于沈贞，幸运的吴宽得以享用真正的竹炉。“与客来尝第二泉，山僧休怪急相煎。”[13]他迫不及待地取出随身携带的新茶，交由山僧汲取二泉水煎煮，只为一探“百年重试筠垆火”[14]的风雅。

作为挚友，吴宽或许亦曾在后来向沈周提起竹炉煎茶的美妙，而与吴宽同行的李应祯，则确实与沈周许下过同游惠山的约定。“满眼惠山青不到，五弦聊复寄冥鸿。”[15]对于惠山之行，沈周早已望眼欲穿。成化十六年（1480）的春天，他得偿所愿。

作为东道主，秦夔全程陪同了沈周与李应祯的这次惠山游。在惠山，沈周拜谒了周文襄公祠。这座祠堂是为纪念周忱（字恂如）而建。周氏自宣德五年（1430）被任命为工部右侍郎、巡抚南直隶以来，长期在江南总督税粮。由于他善于体察民情、心系民生，因此在当地享有很高的声望。“工部昔年遗惠在，祠堂仍在惠泉头。”[16]邑人将周忱的祠堂建在惠山脚下，主要因为这里拥有深厚的立祠传统。在众多祠堂中,历史较为悠久的,当属纪念东晋孝子华宝的华孝子祠。沈周大约在傍晚时分拜谒了此处，并在西檐的素壁之上留下题诗。此时的华孝子祠，古木参天更显清静，只有纷纷鸟群叽喳作响。相比之下，周文襄公祠显得更有人气，沈周看到路过其门前的人们大都“每过门前即泪流”，[17]依然怀念着周氏的恩德。

除了祠堂，沈周还游历了读书台。据说这里原为唐代名相李绅早年读书之地，因此又被称作“李相书堂”。读书台亦筑于惠山山麓，“小径萦纡，有堂三楹，中绘唐相李绅像”。[18]事实上也是邑人缅怀李绅的祠堂。然而，当沈周来到这里的时候，此地已为老僧所居。他似乎是在夜间到访，因而留下了“藤萝石上纷纷月，仙梵声清误读书”[19]的诗句。

沈周此行宿于听松庵中，而这里也是他最为流连的地方。“风满松庵西日晡，卧游今喜借禅蒲。”[20]沈周便这样躺卧在庵中，沐浴着夕阳与春风。在听松庵，他欣赏了活跃于永乐时期的无锡籍画家王绂（字孟端）所绘的水墨壁画，并且寓目了同为无锡人的王达（字达善）所书的《竹茶炉记并诗》手迹一卷。面对林泉胜境与前贤名迹，沈周不禁慨叹此行“抱被真来伴泉石”，[21]欣然“题诗聊欲记江湖”。[22]

遗憾的是，由于李应祯急于西行前往毗陵，因此未能陪伴沈周留宿。“李膺独去仙舟远，月下邮程梦此无？”[23]身处听松庵，沈周挂念着远行的好友，希望能与他分享这美好的月夜。不过，沈周并不孤单——“未应寂寞茶边话，第二泉头有少游。”[24]他以先祖的名字指代伴其左右的秦夔，想必这也一定令后者十分欢娱。在秦夔的陪伴下，沈周不仅游览了惠麓名迹，还登临了惠山，并得以一试竹炉。“谩着芒鞋蹑云磴，还开竹屋试风炉。”[25]秦夔亦用诗句记录下沈周的惠山行迹。

“云谷有灵延二老，碧山无语伴双清。”[26]对于李应祯与沈周的来访，秦夔不胜欢欣。惠山有灵，从此与沈周结下因缘。

秦夔诗句中所提到的“碧山”，很容易令人联想到由其父秦旭（字景旸）于两年后的成化十八年（1482）倡建于惠山的“碧山吟社”。吟社的具体位置，“在慧山（惠山）之麓，若冰洞之前，黄公涧之上，陆子泉之右”。[27]这个由本地民间文士自发组成的文学社团，自成立以来便蜚声江南。吟社发起时共由十位“斯文老人”[28]组成，秦夔因身在武昌并不在列。秦旭对加入吟社的人员有着严格的标准，并认真地按月组织开展雅集活动，寒暑无阻。每次活动，主办

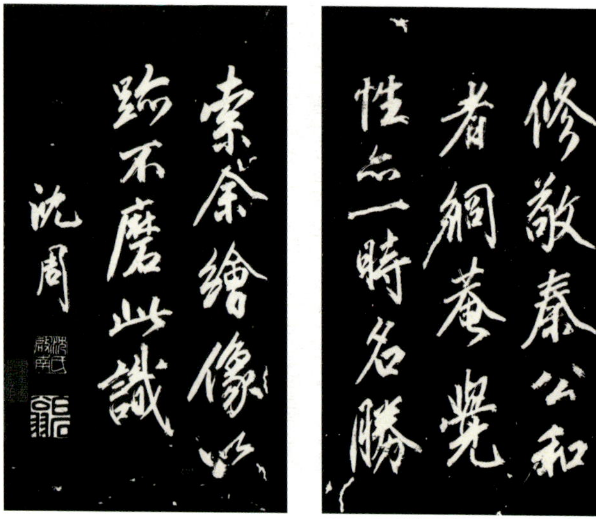

图2 沈周题跋拓片 《寄畅园法帖》收录

者都会设立命题，社员们据而作诗结集。碧山吟社的成立，为惠山平添一处新的人文景观，秦夔赞其“人才足继香山盛”，[29]将之与历史上著名的“香山九老”联系起来。

碧山吟社成立时，沈周虽未莅临，但亦有所耳闻，并应秦家之邀为“吟社十老”绘像以为留念。在现存于秦家后人所刻的《寄畅园法帖》中，我们还能看到他当年为此图所写的题跋。在题跋中，沈周将秦旭与东晋时创立庐山白莲社的东林寺高僧慧远相提并论——正如当年与秦夔一同在虎丘夜游时他们所期许的那样，结庐人境的心愿最终在惠山实现了。（图2）

沈周为“吟社十老”所绘制的画像，后来可能被多次复制并流传，现藏首都博物馆的《碧山吟社图》或许便是其中之一。在画卷的后半部分，画家以经典的文人雅集图式表现了正在吟诗行乐的诸老。而他们所置身的环境，更是被精心描绘下来。从画卷前部那标志性的二泉亭与泉池，以及同样出现于沈贞画作中的茂林修竹，还有远处郁葱的山峦，无不提醒着观者这里便是惠山。（图3）

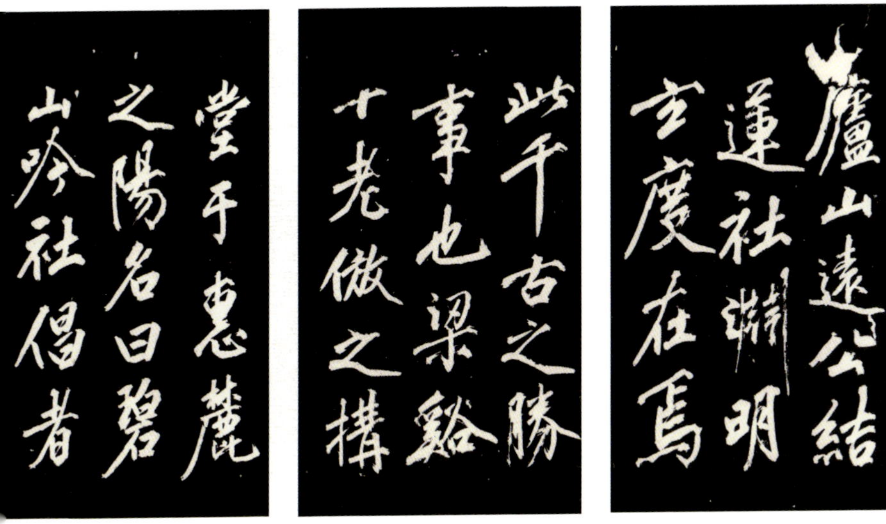

成化后期，随着秦夔转仕江西、福建，我们再难看到沈周重游惠山的记载。直到弘治十二年（1499）初春，已经七十三岁的沈周在众人的陪伴下再度来到惠山。“双鬓雪从忙里出，廿年人似梦中来。”[30]当古稀老人重回听松庵内小酌，二十年前游历于此的场景亦真亦幻。此时，曾经同游的李应祯、秦夔均已作古，唯有碧山依然相伴。“欲归未便忘情得，更对青山酢一杯。”[31]把酒言怀，沈周要与惠山做此生最后一次的亲近。

于是，他不顾众人的劝说，执意冒雨登临惠山。“众有难色，余独奋往。”[32]年迈的老人如此慨慷。对于糟糕的天气，他既不介怀，也不沮丧，反而“体贴”地认为这是“惠山怪我昨径去”，[33]所以才使他“归来欲登却作雨”。[34]虽然雨中的山间已是“湿云隔眼失高翠”，[35]就连道路也难以看清，但沈周还是直呼“行不畏难当至耳”！[36]他为何如此执着？因为，“一段奇踪自伊始”，[37]惠山留下了沈周游历的足迹、记忆与情谊，也把自身的魅力深深植入了他的心底。

图3

沈周（传），《碧山吟社图》

手卷，绢本设色

首都博物馆藏

注释

〔1〕 （明）沈周：《与李兵部史西村陪秦武昌廷韶游虎丘次武昌韵》，《石田稿》，收录于《沈周集》，上海：上海古籍出版社，2013年，第497页。

〔2〕 上揭文。

〔3〕 （明）倪岳：《江西布政使司右布政使秦公夔墓志铭》，《国朝献徵录》卷八十六，据明万历四十四年徐象枟曼山馆刻本。

〔4〕 上揭文。

〔5〕 上揭文。

〔6〕 （明）秦夔：《与李贞伯游虎丘》，《五峰遗稿》卷五，据明嘉靖元年刻本。

〔7〕 （明）沈周：《再次武昌韵，时武昌夜归拜封诰至，留以此诗》，《五峰遗稿》卷二十三，据明嘉靖元年刻本。

〔8〕 （明）史鉴：《和秦太守游虎丘韵》，《西村集》卷三，据清文渊阁四库全书补配清文津阁四库全书本。

〔9〕 （明）李应祯：《陪秦中斋沈石田史西村虎丘行乐次韵一首》，《五峰遗稿》卷二十三，据明嘉靖元年刻本。

〔10〕 上揭《与李兵部史西村陪秦武昌廷韶游虎丘次武昌韵》。

〔11〕 上揭《再次武昌韵，时武昌夜归拜封诰至，留以此诗》。

〔12〕 （明）秦夔：《复竹茶炉记》，《五峰遗稿》卷十四，据明嘉靖元年刻本。

〔13〕 （明）吴宽：《游惠山入听松庵观竹茶炉》，《家藏集》卷六，据四部丛刊景明正德本。

〔14〕 上揭文。

〔15〕 （明）沈周：《李武选往毗陵寄秦太守》，《石田稿》，收录于《沈周集》，上海：上海古籍出版社，2013年，第472页。

〔16〕 （明）沈周：《惠山谒文襄公祠》，《石田先生诗钞》卷六，收录于《沈周集》，上海：上海古籍出版社，2013年，第142页。

〔17〕 上揭文。

〔18〕 《洪武无锡县志》卷三，据清文渊阁四库全书本。

〔19〕 （明）沈周：《读书台》，《石田稿》，收录于《沈周集》，上海：上海古籍出版社，2013年，第480页。

〔20〕 （明）沈周：《宿惠山听松庵有怀李武选》，《石田稿》，收录于《沈周集》，上海：上海古籍出版社，2013年，第481页。

〔21〕 上揭文。

〔22〕 上揭文。

〔23〕 上揭文。

〔24〕 上揭《李武选往毗陵寄秦太守》。

〔25〕 (明)秦夔:《次沈石田登惠山怀李贞伯韵》,《五峰遗稿》卷十，据明嘉靖元年刻本。

〔26〕 上揭文。

〔27〕 (明)邵宝:《跋碧山吟社诗卷》,《容春堂集》续集卷九，据清文渊阁四库全书本。

〔28〕 (明)程敏政：《贞靖先生秦君墓志铭》，《篁墩集》卷四十七，据明正德二年刻本。

〔29〕 (明)秦夔：《赠碧山吟社诸公》，《五峰遗稿》卷八，据明嘉靖元年刻本。

〔30〕 (明)沈周：《听松庵小酌》，《石田先生诗钞》卷七，收录于《沈周集》，上海：上海古籍出版社，2013年，第173页。

〔31〕 上揭文。

〔32〕 (明)沈周：《归途欲登惠山，时烟雨空蒙，众有难色，余独奋往》,《石田先生诗钞》卷四，收录于《沈周集》，上海：上海古籍出版社，2013年，第106页。

〔33〕 上揭文。

〔34〕 上揭文。

〔35〕 上揭文。

〔36〕 上揭文。

〔37〕 上揭文。

不须千万朵，一柄足春风
——沈周诗画中的牡丹

谷雨前后，牡丹竞相开放，江南的春天即将以绚烂收场。在沈周看来，牡丹之于百花最为出众。成化二十一年（1485）的春天，逗留南京的沈周应邀来到时任南京太常寺少卿的陈音（字师召）家中观赏牡丹。面对园中的最后一抹春色，他题诗赞美道："南都根本元气壮，此花盛德当推王。"[1]这并非对主人的恭维。在沈周眼中，迟迟赴约的牡丹更具其他花卉所不具备的高尚品格，而春的消逝也因牡丹的绽放而不留遗憾——"不须千万朵，一柄足春风。"[2]（图1）

然而，牡丹的姗姗来迟，亦曾令沈周忐忑。成化十九年（1483）的谷雨已过十日，他的牡丹总算开始缓缓吐蕊。起初，对于这些栽种于墙根壤台之中的国色能否顺利绽放，沈周颇为担忧——"时旱地薄敢早发，浮云错莫春阴连。"[3]——花坛的局促、土壤的贫瘠与气候的干旱都令他揪心不已。直至花开，他仍心有余悸地以"此花无乃迟为贤"[4]为由，自我安慰，认为迟到的花期正是牡丹谦逊贤德的表现。

此次盛开的牡丹可能并不多，就连沈周自己也承认满心期待过后亦只能"始向积翳瞻孤妍"。[5]不过，即便是"孤妍"，也足以让已经五十七岁的主人欢欣不已。否则，这一年的春天，他恐怕还是只能艳羡地站在师友家的牡丹前继续感叹"自家一株烟草荒"。[6]

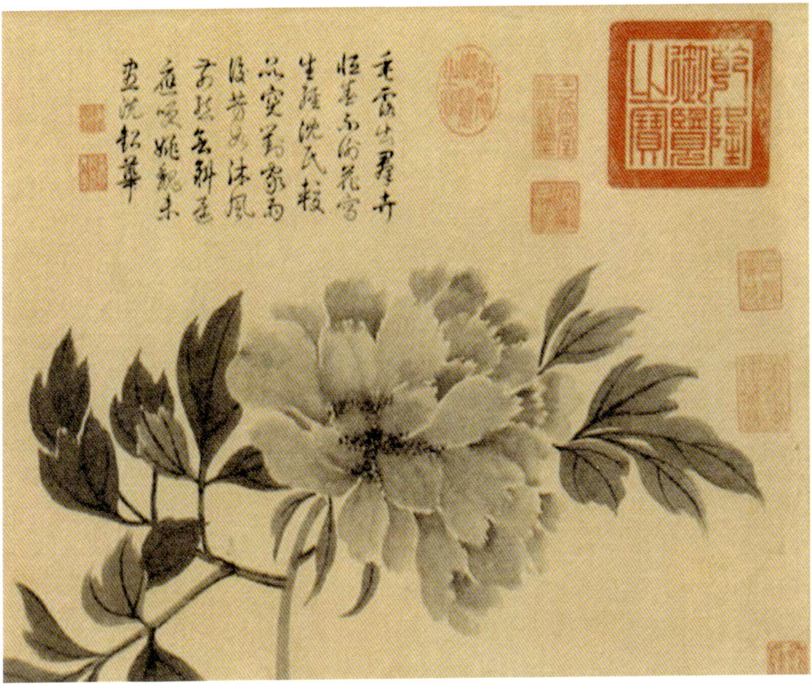

图一

沈周，《写生卷》（局部）

手卷，纸本水墨

台北故宫博物院藏

为了分享牡丹绽放的喜悦，沈周“与花作主”，过起了“夕阳浊酒聊取醉，时有好友来尊前”[7]的生活。本年他曾作《浪淘沙·题画白牡丹》一首，词中有“今年情比去年差，便把娉婷追上纸，终莫如他”[8]之语，应当便是对这次花开的留念。除此以外，他还有一首未署年款的《新栽牡丹开迟有作》七律，很可能也是同年所作。诗中将牡丹比作美人，将迟开喻为“初聘怯家寒”，[9]尽显爱惜呵护之情。沈周的反应并不过激，只因其家栽牡丹着实不易，不仅有始终困扰着他的环境局限，还有人祸的威胁。就在他“荒庭粗整石阑干，始买花栽得牡丹”[10]后不久，牡丹便为好事者掘去。尽管心痛，但沈周却表现得非常豁达——“富贵同心有人爱，繁华移手别家看。”[11]

去别家看牡丹，的确是沈周中老年时期每年春游的重要内容。而他所涉足的“别家”，又以苏州城中林立的寺院最为常往。

成化十四年三月十日（1478 年 4 月 12 日），沈周带着外甥徐襄（字克成）到庆云庵春游。（图 2）庆云庵位于苏州城北部，东邻报恩寺。报恩寺又称北寺，是苏州城内重要的古刹。时至今日，报恩寺塔（又名“北寺塔”）仍是苏城地标，一望可见。在庆云庵，沈周看到了春日的繁花胜景：“陶（同‘桃’）娘李娘俱寂寞，鼠姑炤（同‘照’）眼真倾城。”[12]（图 3）“鼠姑”是牡丹的古称，亦是其作为药材的别称。在沈周眼中，唯有牡丹始终出众，即便烂漫的桃花李花在其面前也只能无人问津。他甚至半开玩笑地调侃“老僧却在色界住”，[13]言语间充满了艳羡——此时，他的家中应尚未栽植牡丹，而他所能做的唯有“急借纸面图其生”。[14]这件写生牡丹应是设色作品，一出“遂为徐克成卷去”，[15]曾为后世鉴藏家所著录推赏。

六十岁以后的沈周，似乎更喜欢在苏州城东南的东禅寺（今苏州大学天赐庄校区一带）赏牡丹，晚年的他时常借宿于此。（图 4）沈周入城借宿僧舍的习惯，大约从他十四岁随父亲入城时一同借宿于西禅寺起便逐渐养成。弘治二年三月十日（1489 年 4 月 10 日），正在东禅寺小住的沈周接到孙子诞生的喜讯，欣喜之余，他与来访的好友们把酒共赏寺中牡丹，写下“花不能言却能笑，道是无情还有情”[16]的诗句。东禅寺的牡丹之于沈周，产生了新的意义。

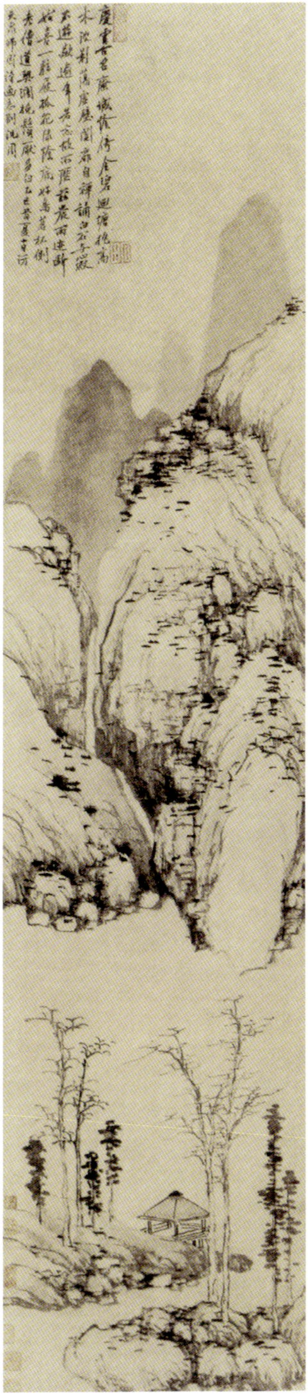

图2

沈周，《仿倪山水》

立轴，纸本水墨

上海博物馆藏

这件山水立轴同样作于庆云庵。

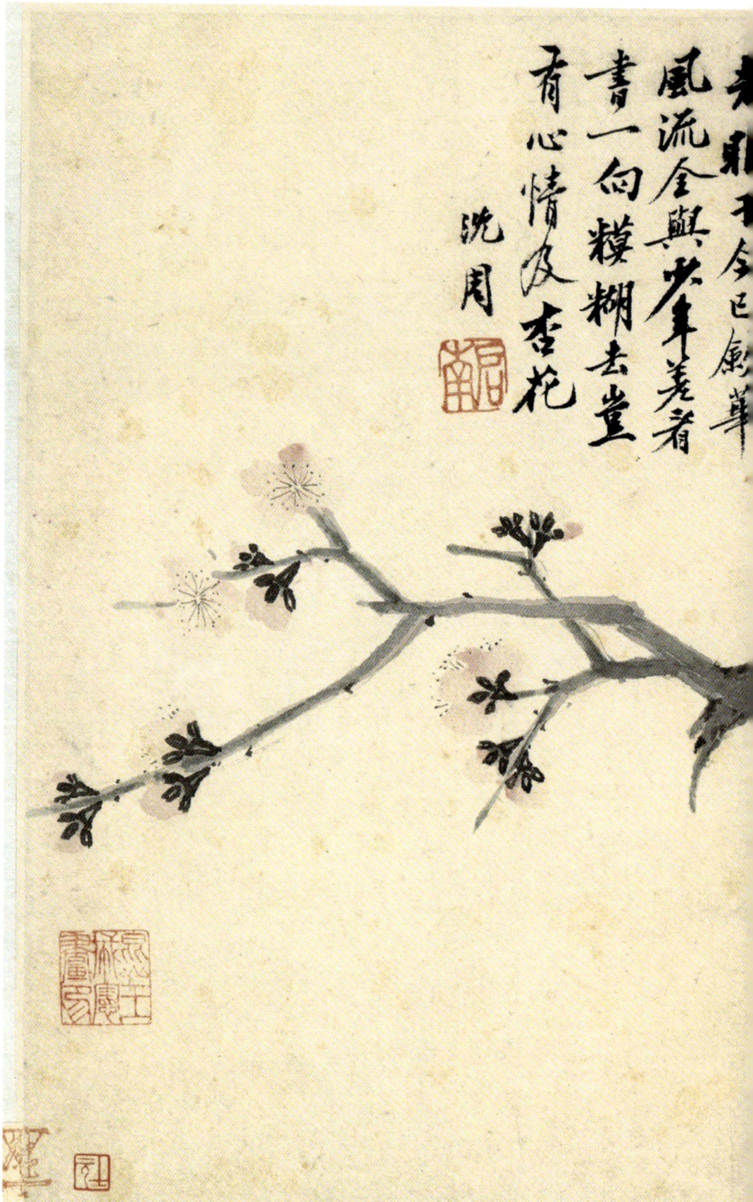

風流全與少年差着
青一句模糊去豈
有心情及杏花
沈周

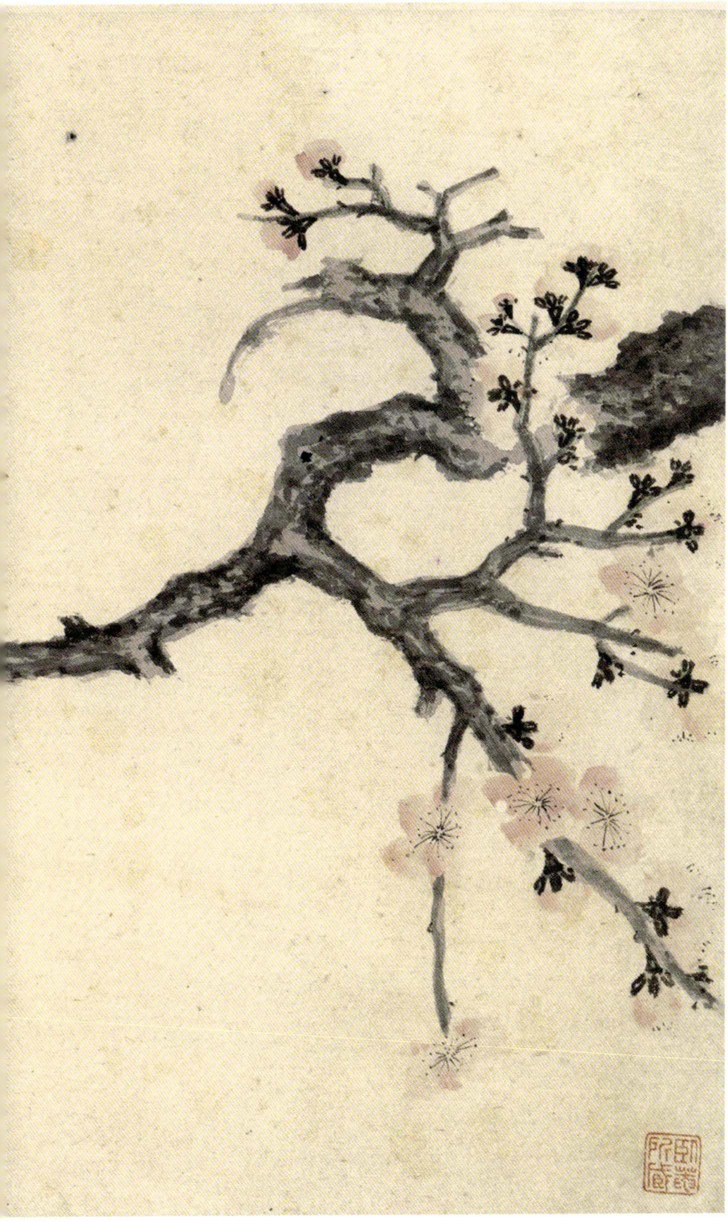

图3　沈周，《卧游图册》之『杏花』
册页，纸本设色
故宫博物院藏

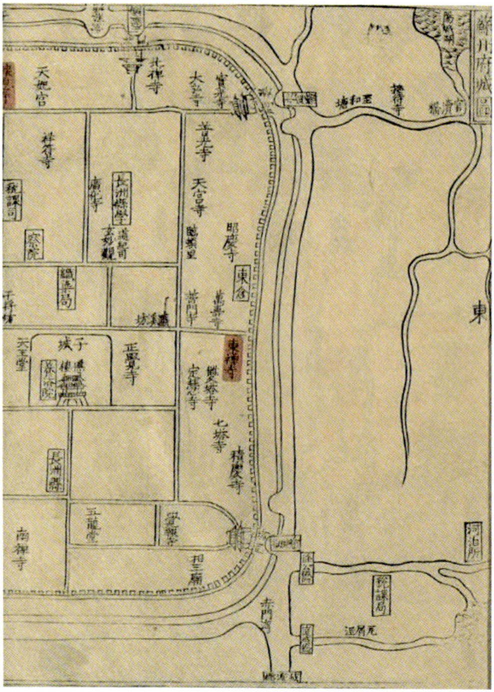

图4　正德《姑苏志》地图中的报恩寺与东禅寺书影

此后的六年间，他未及再赏东禅寺此花，但始终挂怀。弘治七年三月十八日（1494年4月23日），头一天出门南游寻访好友的沈周，趁着暮色赶回东禅寺夜赏牡丹。当他发现昨天还是“半蕊”的花朵，今日已是“宝盘红玉生楼台”[17]时，不禁感慨“花能待我浑未落，我欲赏花花满开”。[18]夜深人静，沈周“烧灯照影对把酒”，体味着“露香脉脉浮深杯”。[19]当晚的情景，通过现存故宫博物院的《牡丹图轴》依然能够打动今天的观者。尽管画面简单，只描绘了一枝斜向生长的墨牡丹，但依然可以发觉画家蕴藏其中的用心。不同于一般的折枝花卉作品，沈周笔下的牡丹几乎都是只采用折枝形式的构图，其枝干皆为画幅边缘所截断，并未如常见的折枝花卉作品那样真的将牡丹“折枝”。换言之，沈周着意描绘活着的牡丹，能笑、有情的牡丹。（图5）

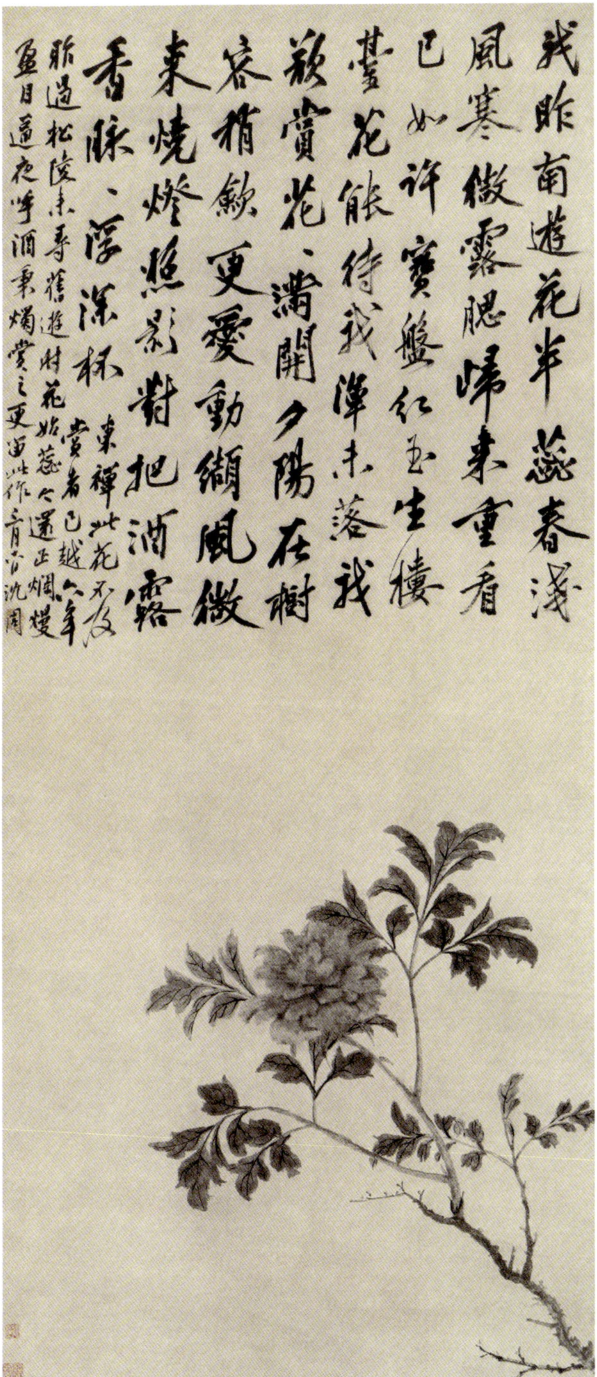
我昨南遊花半蕊春淺
風寒微露腮歸來重看
已如許寶盤紅玉生樓
臺花能待我渾未落我
亦賞花、滿開夕陽在樹
容稍歛更愛動搖風微
來燒燈照影對把酒露
香脈、浮深杯

图5 沈周，《牡丹图轴》
立轴，纸本水墨
故宫博物院藏

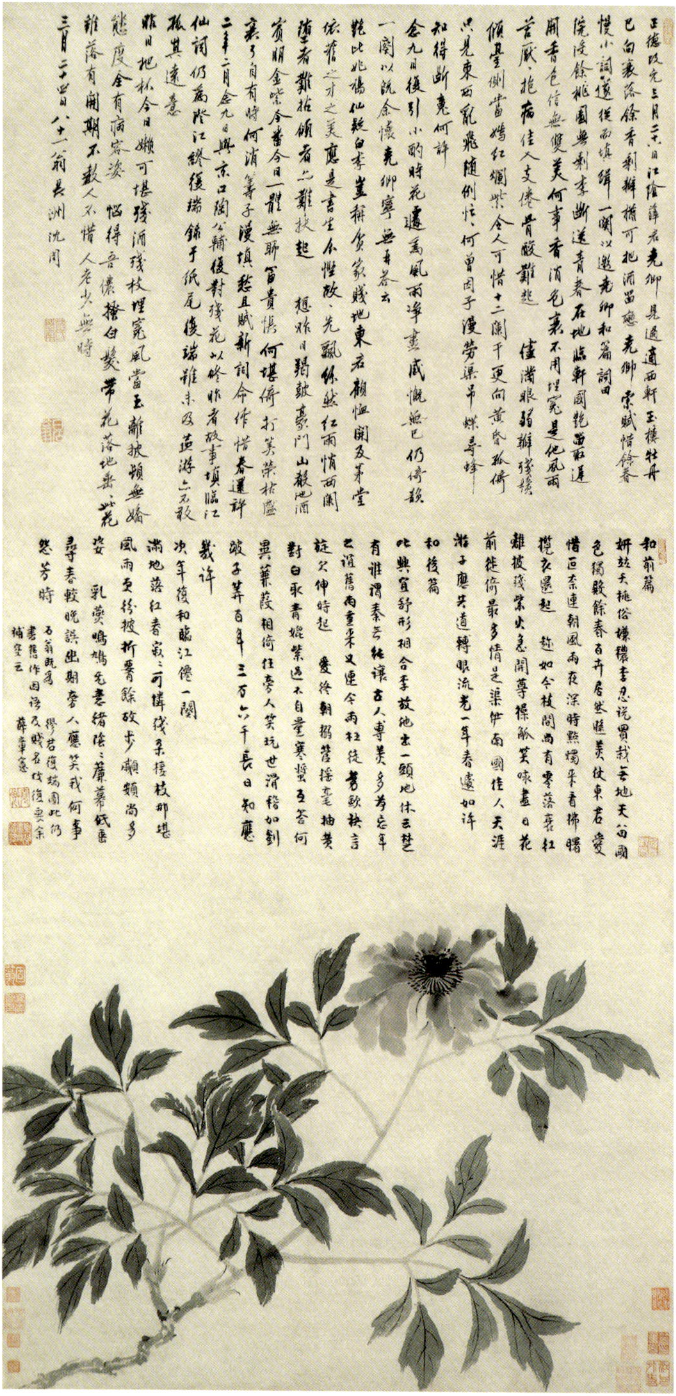

图6

沈周，《玉楼牡丹图轴》

立轴，纸本设色

南京博物院藏

此图并非沈周绘赠薛章宪，亦非正德元年当时所绘，而是第二年为另一位江阴人缪复端所作。

晚年的沈周还时常就近去相城的妙智庵赏牡丹，而自家栽种牡丹的尝试也始终未曾中断，后来亦可培育玉楼牡丹一类的名品。现藏南京博物院的《玉楼牡丹图轴》便是沈周于正德二年（1507）依照一年前暮春时节自家牡丹的残影所绘。（图6）那一年的三月二十八日（1506年4月21日），好友薛章宪（字尧卿）自江阴来访。沈周与他小酌并共赏西轩所栽的玉楼牡丹。值得注意的是，在沈周的牡丹图和牡丹诗文中，鲜少如此这般出现具体的牡丹品名。这或与薛氏故里江阴为当时江南地区最重要的牡丹培育中心有关，后来的太仓文人王世懋（字敬美，号麟洲）便有“南都牡丹让江阴”[20]的说法，并罗列了江阴人通过技术创新所培育出的牡丹新品。想必薛氏对于牡丹品种亦颇有了解，沈周因此与他展开了更为专业的对话。（图7）

第二天，玉楼牡丹便为风雨尽散，薛章宪既庆幸又伤感。在他的恳求下，年届八旬的沈周写下了一首《惜余春慢》。词中留有这样的话语：“临轩国艳，留取迟开，香色信无双美。何事香消色衰？不用埋冤，是他风雨。”[21]配图中的牡丹虽然花瓣低垂，显露颓意，但枝叶依然健挺，蕴含生机——面对将尽的余春甚至余生，沈周并不悲伤。

图7

沈周，《正轩图》

立轴，纸本水墨

安徽博物院藏

此图亦为沈周绘赠缪复端，表现的主题为缪氏的书斋『正轩』。

注释

〔1〕（明）沈周：《陈太常师召邀赏南轩牡丹》，《石田先生诗钞》卷二，收录于《沈周集》，上海：上海古籍出版社，2013 年，第 68 页。

〔2〕题《写生花卉动物卷》，台北故宫博物院藏。

〔3〕（明）沈周:《谷雨后十日壤台前牡丹始花感而赋此》,《石田先生诗钞》卷二，收录于《沈周集》，上海：上海古籍出版社，2013 年，第 62 页。

〔4〕上揭文。

〔5〕上揭文。

〔6〕上揭《陈太常师召邀赏南轩牡丹》。

〔7〕上揭《谷雨后十日壤台前牡丹始花感而赋此》。

〔8〕（明）沈周：《浪淘沙·题画白牡丹》，《石田先生诗钞》诗余，收录于《沈周集》，上海：上海古籍出版社，2013 年，第 202 页。

〔9〕（明）沈周：《新栽牡丹开迟有作》，《石田诗选》卷九，收录于《沈周集》，上海：上海古籍出版社，2013 年，第 702 页。

〔10〕（明）沈周：《东阑牡丹为好事者掘去》，《石田诗选》卷九，收录于《沈周集》，上海：上海古籍出版社，2013 年，第 704 页。

〔11〕上揭文。

〔12〕（明）沈周：《庆云庵牡丹》，《石田先生诗钞》卷一，收录于《沈周集》，上海：上海古籍出版社，2013 年，第 49 页。

〔13〕上揭文。

〔14〕上揭文。

〔15〕（清）姚际恒：《好古堂家藏书画记》卷上，“沈石田”。

〔16〕（明）沈周:《三月十日东禅喜得孙之报同杨仪部周好德赏牡丹醉赋》，《石田先生诗钞》卷三，收录于《沈周集》，上海：上海古籍出版社，2013 年，第 82 页。

〔17〕（明）沈周：《东禅寺夜赏牡丹》，《石田先生诗钞》卷三，收录于《沈周集》，上海：上海古籍出版社，2013 年，第 83 页。

〔18〕上揭文。

〔19〕上揭文。

〔20〕（明）王世懋：《学圃杂疏》，据明宝颜堂秘笈本。

〔21〕（明）沈周：《惜余春慢》，《石田先生诗钞》诗余，收录于《沈周集》，上海：上海古籍出版社，2013 年，第 204 页。

晚翠枝头果，黄金铸弹丸

——沈周诗画中的枇杷

五月，初夏的苏州，枇杷上市，一年中最美好的水果季由此开始。

“弹质圆充饤，蜜津凉沁唇。”枇杷入口的滋味，在沈周的笔下如此诱人。苏州最好吃的枇杷产自太湖之滨的洞庭山地区，这里种植枇杷的历史至少可以追溯到宋朝。到了沈周生活的时代，当地人已能利用枇杷“初接则核小，再接则无核”[1]的规律，通过嫁接技术来改良果实的品质。在正德《姑苏志》中，枇杷被列入土产九种名果之一，仅次于为首的杨梅。沈周认为，吃枇杷犹如服用黄金丸一般美妙，是“天亦寿吴人”的恩赐。

后来的太仓文人王世懋指出：“枇杷，出东洞庭大。自种者小，然却有风味。”[2]枇杷易于栽种，且“它果须接乃生，独此果直种之亦能生也”。[3]此外，枇杷树四季常青，果实金黄，宜于观赏，可谓是一种既好吃又好看的植物。苏州城内外的庭院内、道路旁、山林间，随处可见枇杷树的身影。

弘治十三年十一月初九（1500 年 11 月 29 日），雪后的冬夜格外寒冷。沈周与好友徐良臣、潘宗毅一同灯下小酌。席间三人谈及元代画家张中有“墨枇杷折枝之妙”，潘宗毅遂出纸索画。于是，沈周凭着想象即兴绘制了一件《晚翠图轴》。（图 1）

图一 沈周（款），《晚翠图轴》
立轴，纸本水墨
藏地不详

这件立轴超过三分之二的画面为折枝墨枇杷所占据，顶部则留出适当的空间题写诗文。枇杷树枝从画面右边破入，自画幅中线下垂探至左下角，整体呈现出对角线式布局。枇杷叶以不同墨色染出，以别其荣枯翻转，树叶的锯齿形边缘亦被着意表现出来，均以浓墨描绘叶筋脉络。枇杷果则以淡墨画就，并尝试用深墨晕染的方式呈现其立体感。

张中画的墨枇杷，今日已不复见，但国人描绘枇杷的历史却早于元代。沈周在题诗中自叹“前流墨妙耳中知”，并谦称此番创作为“捕风捉影真堪笑”，这都显示他可能确实未曾亲眼得见前人的同类作品，完全凭借着日常生活中的视觉经验进行创作。

“晚翠”是沈周对枇杷树外观特征的总结和代称。现藏吉林省博物院的传为沈周所作的《枇杷图》上，亦有“晚翠枝头果，黄金铸弹丸”之语，读之便使人感到枇杷树结实之时所呈现的冷暖色差跃入眼帘。（图 2）

除此以外，枇杷树冬季开花、夏季结实的特性，也使它别具一格。在故宫博物院所藏的一件沈周名下的《枇杷图轴》上，有其同时代松江人陈章的题诗。其中“看花欵玄冬，结子向朱夏”之句，便是指此。年长于沈周的刘溥（字原博，号草窗）对此现象也很感兴趣，有“佳实初成五月中，花开又稊正深冬”[4]的诗句。这位常年漂泊于两京的苏州人，对故乡的枇杷甚是自豪：“江南风味浑如蜜，欲托金盘献九重。”[5]（图 3）

活跃在正统、景泰年间的太医刘溥，似乎在着意向外人乃至皇帝推荐故乡的枇杷，而枇杷特殊的生长习性以及来自江南的甜蜜风味，都是他推介的关键词。刘溥是否获得成功，不得而知。不过，在其去世之后二十三年的成化十二年（1476），枇杷已明确出现在南京各衙门每年进贡物件清单之中。为了能将鲜果及时运送到北京的宫中，官方确定枇杷属于“用冰物件”，且每年进贡的数量在“四十扛至三十五扛，实用船八只”。[6]

“南舟远贡来何数，北客初尝味更添。”[7]通过运河，

图2 沈周（款），《枇杷图》
立轴，纸本水墨
吉林省博物院藏

图3 沈周（款），《枇杷图轴》
立轴，纸本设色
故宫博物院藏

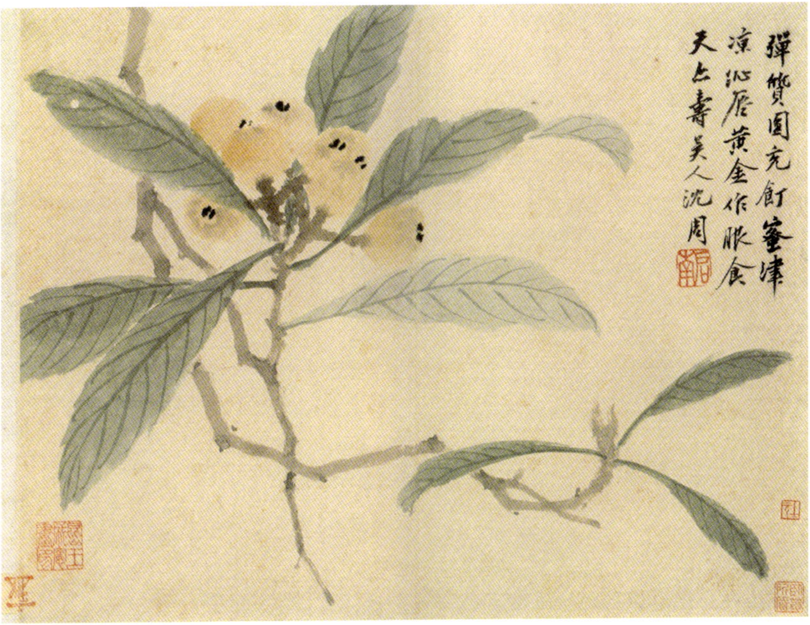

图4
沈周，《卧游图册》之「枇杷」
册页，纸本设色
故宫博物院藏

枇杷与其他吴地时鲜大量北上入宫。对此，沈周不会一无所知，他甚或与刘溥一样感到骄傲。据此再来看他“天亦寿吴人”的矜夸之句，想必亦包含着对吴地风物播迁名扬的自豪。

题有“天亦寿吴人”诗句的这幅枇杷册页，属于沈周的名作《卧游图册》，现藏故宫博物院。（图4）不同于《晚翠图轴》，此为淡设色画，但两作的技法与构图颇为相似。整套册页由沈周精心选择并描绘的家乡风物组成。画家借南朝宗炳因老之将至，不能亲历山水，遂绘之于四壁，卧以游之的典故，为全册命名，创作动机很可能是希望以图文并茂的方式为朋友缓解乡愁，而一句“天亦寿吴人”似乎也暗示着受画人应为画家的同乡。若果真如此，则说明枇杷足可成为异乡吴人对故土幽思的寄托。这种寄托并非仅仅因为美味，更因它如桑梓一般常见于故园的庭院道边。

身在北京的老友吴宽对家乡有着无比的眷恋。一日退朝，皇帝赐予他一笼“吴船”送来的枇杷。同朝为官的李东阳（字宾之，号西涯）可能与他一起受到赏赐。据他所言，刚收到时，枇杷还是“冷枝疑带隔年霜”，而且“翠笼开时手亦香”。[8]这些枇杷令吴宽心绪难平：“卧病谩思新橘柚，退朝休赋旧樱桃。”[9]多病的他对故乡的橘柚、樱桃望眼欲穿，思乡之情一触即发。

需要特别指出的是，吴父在老家苦心经营的东庄内建有一处“朱樱径”。在沈周描绘此景的画作中，我们看到道旁遍植樱桃树，果熟之时，行走其间，点点朱樱唾手可得。而这样的场景，恰如枇杷结实时的模样。（图5）

图5　沈周，《东庄图册》之『朱樱径』
册页，纸本设色
南京博物院藏

注释

〔1〕　（明）王鏊等：《姑苏志》卷十四，据明嘉靖增修本。

〔2〕　（明）王世懋：《学圃杂疏》，据明宝颜堂秘笈本。

〔3〕　上揭文。

〔4〕　（明）刘溥：《枇杷》，《草窗集》卷下，据明成化十六年刘氏刻本。

〔5〕　上揭文。

〔6〕　（明）申时行等修，《明会典》卷一五八，万历朝重修本，北京：中华书局，1989 年，第 814 页。

〔7〕　（明）程敏政：《四月二十八日起屡赐鲜笋青梅鲥鱼枇杷杨梅雪梨鲜藕》，《篁墩集》卷八十一，据明正德二年刻本。

〔8〕　（明）李东阳：《赐枇杷》，《怀麓堂集》卷十七诗稿十七，据清文渊阁四库全书本。

〔9〕　（明）吴宽：《纪赐枇杷》，《家藏集》卷十九，据四部丛刊影印明正德本。

我爱杨家果，丸丸绛雪丹

——沈周诗画中的杨梅

“江南花果树，珍异属杨梅。沈老挥毫顷，能移数颗来。”[1]生活于弘治至嘉靖年间的开封人李濂（字川父）面对着沈周所绘的杨梅图，庆幸总算实现了“移栽”杨梅的幻想。（图1）

李濂与沈周并无交集。后者去世的正德四年（1509）时，前者还在老家读书。传说七岁便“可诵千言，九岁能为诗”[2]的李濂，并未在科考上耽误太久。正德九年（1514），二十六岁的他便得中进士，由此开启仕宦生涯。正德十六年（1521），李濂任宁波府同知。在这里，他得以遇见心中“珍异”的江南杨梅。

以太湖东南为核心的江南腹地，至今仍是最主要的杨梅产区。根据沈周的考证：“杨梅家湖之弁山，其族衍于杭、于苏、丁明（即明州，宁波古称），林林然号为蕃盛。”[3]他认为，杨梅发源于湖州的弁山，随后播迁于苏浙，以至于“一支至子孙数百不止”。[4]

李濂在宁波做了两年多的官就调任山西，而杨梅却始终牵动着他的心弦。相比之下，在北京做官，便可有机会沾沐皇恩，品尝到鲜美的杨梅。李东阳曾在一次文华殿讲筵过后受赐杨梅，为此他写下“官河催载满船冰，十月（别本作‘五月’，应为五月）杨梅入帝京”[5]的诗句。作为重要的南方贡果，杨梅始终享有优先漕运的权利。或许因为实在是美味，李东阳吃着杨梅，竟“沁齿不知红露湿”。[6]

图一 沈周，《花果二十四种卷》之『杨梅』手卷，纸本水墨 上海博物馆藏

在北京，想吃到鲜杨梅实属不易，李东阳称其“价比隋珠”，[7]日常的解馋还得另想办法。一天夜半，朋友于乔专门送来一坛杨梅干，令他感激不已，匆忙作诗酬谢。这些杨梅干“霜干浅带层冰结”，[8]应是经过腌制后的模样。腌制后的杨梅得以保存更长时间，虽别有风味，但却失去了诱人的汁水。

杨梅易烂，保质期短，即便在原产地，人们也面临着同样的困扰。除此以外，连绵的梅雨和捷足先登的鸟类，也是收获杨梅的天敌——“鸟口夺生鲜恐烂”，[9]沈周也曾为此忧心忡忡。为了实现“龙睛藏熟久还宜”[10]的目标，通过简单熏制而成的“薰杨梅”应运而生。

相比于鲜杨梅和杨梅干，薰杨梅“肉都不走丸微瘦，津略加干味转滋”，[11]虽然同样会损失一些水分，但仍保留了鲜杨梅湿润的口感。苏州的薰杨梅在正德年间便被作为特产载入《姑苏志》，并称“家造者尤精”，[12]而沈周的上述诗句也如广告词一般被收录于同书之中。

当然，身在吴地的沈周有足够的自由和便利品尝新鲜的杨梅。“摘落高林带雨枝，碧烟蒸处紫累累。”[13]他笔下的杨梅时节活灵活现，如此诱人。杨梅见红，整个江南都为之躁动。

弘治十五年（1502）五月下旬的一天，沈周的忘年交薛章宪丢下手中的农事，冒着暑热从江阴发舟，专程赶到苏州采摘杨梅。“嗜食杨梅”的他，到了之后才发现还是来晚了一步——“时采摘殆尽，仅获一丸紫而大者。”沈周以“千树已空嗟太晚，一丸聊足记曾过”之语安慰失望的朋友，并绘一画聊资纪念。这件名为《杨梅村坞图》的立轴作品，今天收藏于安徽博物院。（图2）画面中，薛章宪的小舟系于岸边，本人则面朝着杨梅树林昂首仰望。只是树上一片冷清，与主人公满怀期待的神情形成反差。

薛章宪访杨梅的地方，很可能是苏州西郊的光福一带，这里至今仍是杨梅的主产区。正德《姑苏志》说，杨梅“出光福山铜坑第一，聚坞次之”。[14]铜坑山与聚坞山都是光福境内的丘陵，沈周曾多次畅游于此，并形容这里的环境为“群山西奔驻湖尾，通川夹山三十里”。[15]虽然景色秀丽，但杨梅绝对是此地引人入胜的重要理由，例如吴宽就

图2　沈周，《杨梅村坞图》
立轴，纸本水墨
安徽博物院藏

图3 沈周（款），《杨梅图》
立轴，纸本设色
藏地不详

曾有“铜坑山下摘杨梅，曲径人从树梢来”[16]的诗句，他甚至还曾向光福的张姓朋友乞求杨梅树，意欲移栽到祖茔之中，亲自栽培。[17]因为地利之便，吴宽实现了自己的心愿，而后来身处北方的李濂，便只能看着沈周的《杨梅图》垂涎兴叹了。

“我爱杨家果，丸丸绛雪丹。”在现存一件传为沈周所作的《杨梅图》上，留有这样的题诗。（图3）不过，沈周对杨梅的爱，并不仅在于它的外观与美味。在沈周看来，杨梅果实从青变紫的成长经历，像极了读书人的理想生涯——“自幼好着青碧衫，壮亦绯，老服紫縠裘。”[18]但现实总是如此残酷——那些最终凋零在山野之间的杨梅，它们“遗落于风雨空山，委蜕草莽间，餧（同‘喂’）诸鸟雀蝼蚁，无亲无疏，同归于尽，亦所甘心焉。”[19]由此化身为“负才不遇、藁死山林者”的象征与写照。而世间这样的“杨梅”，一如沈周所叹——“岂一枚也哉？”[20]

注释

〔1〕 （明）李濂：《沈周·杨梅》，《嵩渚文集》卷三十二，据明嘉靖刻本。

〔2〕 （明）陈栢：《嵩渚李先生墓碑》，《苏山选集》卷六，据明万历刻本。

〔3〕 （明）沈周：《杨梅传》，《石田先生诗钞》卷九，收录于《沈周集》，上海：上海古籍出版社，2013年，第226页。

〔4〕 上揭文。

〔5〕 （明）李东阳：《赐杨梅》，《怀麓堂集》卷十七，据清文渊阁四库全书本。

〔6〕 上揭文。

〔7〕 上揭文。

〔8〕 （明）李东阳：《谢于乔送杨梅干无诗用前韵奉索》，《怀麓堂集》卷十四，据清文渊阁四库全书本

〔9〕 （明）沈周：《薰杨梅谢姚存道所惠》，《石田先生诗钞》卷七，收录于《沈周集》，上海：上海古籍出版社，2013年，第167页。

〔10〕 上揭文。

〔11〕 上揭文。

〔12〕 （明）王鏊等编：《姑苏志》卷十四，明嘉靖增修本。

〔13〕 上揭《薰杨梅谢姚存道所惠》。

〔14〕 上揭《姑苏志》卷十四。

〔15〕 （明）沈周：《题光福画卷》，《石田先生诗钞》卷三，收录于《沈周集》，上海：上海古籍出版社，2013年，第93页。

〔16〕 （明）吴宽：《山行十二首·铜坑》，《匏翁家藏集》卷五，据四部丛刊影印明正德本。

〔17〕 （明）吴宽：《答光福张君送杨梅树》，《匏翁家藏集》卷二十二，据四部丛刊影印明正德本。

〔18〕 上揭《杨梅传》。

〔19〕 上揭《杨梅传》。

〔20〕 上揭《杨梅传》。

仙子新开壶里宅

——沈周诗画中的荷花

成化二十一年（1485）的夏天，一如既往的闷热。五月十八日（6月29日），一场“荷花燕”正在沈周位于相城的家中展开。（图1）

所谓“荷花燕”，就是一场以赏荷为主旨的聚会。

为了这场聚会，沈周进行了精心的准备。他特地到居所附近的水塘折取了六枝荷花。为水所环绕的沈家，每到夏天，便被田田荷叶所包围。他曾以“剪取竹竿渔具足，拨开荷叶酒舩通”[1]来形容自家周围的夏秋之景。

沈周将摘得的荷花置于铜壶内。他十分注意调整这六枝荷花所摆放的位置与姿态，力求呈现“花叶交错”的视觉效果。一番调整后，他不禁陶醉其中，赞叹着这些荷花“止六柄而清芬溢席”。

围绕着铜壶，沈周布下四张席位。他自己占据一方，另外三边则静待着朋友们的到来。

参加这次“荷花燕”的朋友，分别是来自淮阳的赵中美、来自苏城的韩宿田，以及来自昆山的黄德敷。沈周说当时“三人皆非速而至者”，期待朋友到来的迫切心情溢于言表。当朋友们齐聚沈宅，围绕着铜壶，“四面举见花，甚可乐客，客亦为之乐”。大家在观赏后，“皆嘉花非固植，风致不减池塘间”，认为这些荷花虽然已是折枝，但其丰姿丝毫不亚于池塘中的景象。就这样，翩翻的荷风荡漾在屋中，暑气一扫而空。宾主赏花雅聚，“迨暮始散”。

这场聚会十分静谧——沈周特别提到现场“无丝竹而欢度”。同时，他也指出了聚会发起的仓促，所谓“事出偶然而为难得”。为了记录这“难得”的相聚，沈周提议大家写诗留念,并由其弟撰写赋文,而他自己则将专门绘制一件画作，并抄录上自己的诗文：

花供娟娟照玉卮，红妆文字两相宜。
分香客座须风细，倾盖林亭要日迟。
仙子新开壶里宅，佳人旧雪手中丝。
便应此会同桃李，酒政频教罚后诗。[2]

诗中，沈周将曼妙的荷花比作“仙子”与“佳人”，其灵动温婉的品性跃然于字里行间。不过，当时的他并未来得及完成绘制。待沈周将这些“仙子”与“佳人”真正诉诸画面的时候，已是第二年的夏天。

图1　沈周，《东庄图册》之『曲池』
册页，纸本设色
南京博物院藏

尽管只过了一年，但沈周的心境已然发生了变化。这一年，也就是成化二十二年（1486），他六十岁了。在弟子王纶为他绘制的六十小像上，沈周写下“草木当衰不复真，纸间座上两浮沉。是非非是都休辩，聊记明时无用人”[3]的诗句，言语间充满了忧伤与悲怆。事实上，仅仅是年龄的增长，尚不足以令他如此颓丧。这一年的四月二十日（5月23日），与他相伴四十二年的结发妻子陈慧庄辞世。沈周万分悲痛，直言自己“耿耿鳏情觉夜长”。[4]在高度的精神压力下，病痛也在此时发作，令他备受折磨。

妻子去世后的一个多月，正是一年前举行“荷花燕”的日子，好友韩宿田又来到了沈家。不同去年，今年的他是来为沈周治病的。

韩宿田名韩襄，字克赞，宿田是其别号。他出生于永乐辛丑十月九日（1421年11月3日），与沈周订交于成化二年（1466）前后。韩沈二人情深义厚，相交甚笃。

吴宽自称曾见过年轻时的韩襄。彼时的他，“好面折人过，论事侃侃，无所畏忌。及渐老，癯然一医，更谨厚，静默可亲”。[5]可见其早年性格耿直、直言不讳，等年纪大了，转而专注于本行，也越发和蔼。韩襄自己也说，正是因为“性禀介直”，所以他才两度失利于医荐，未能进入太医院就职。不过他似乎并不介怀，决意“惟上下山水与名人胜士，杯酒啸咏，以韦布终其身焉”。[6]这里说到的“名人胜士”，自然包含了沈周。

韩襄的医术传自家学，后来逐渐成为苏州地区的名医。在谈及自己的行医原则时，他说：“吾之于医，虽不能过人，然于治病，未尝不尽吾心。或不可治，虽有厚利，直谢却之，使更他医而已。”[7]可见其实事求是、坦荡无私的品格。而对于好友沈周的病，韩襄从来都是尽心尽力。（图2）

沈周记录下了韩襄为自己治病的点滴：“两月衾裯厌久眠，荷君惠问每床前。频烦药物酬多病，郑重舟航动老年。”[8]他嘘寒问暖，不厌其烦，令沈周感念不已。有时候，即便自己不能前往问病，韩氏也会派儿子代往。沈周

图2

沈周，《荔柿图》

立轴，纸本水墨

故宫博物院藏

此图为沈周于1480年赠送给老友韩襄的新年礼物，蕴含着美好的寓意。

图3　沈周，《瓶荷图》
立轴，纸本设色
天津博物馆藏

因此感动得“多病百忧令我忘”，[9]二人的友情俨然成为沈周病中最好的药剂与慰藉。

在“荷花燕”举行一周年之际，老友韩宿田依然陪伴着已经身心俱疲的沈周。在前者的精心治疗下，后者得偿一年前的夙愿，绘制出这件今天被称为《瓶荷图》的作品。（图3）画中，三枝荷花与三朵荷叶错落地插在铜壶内，一如一年前的那个早晨它们刚被摘下时那样，为沈周所精心布置。当年“荷花燕”上的“仙子”与“佳人”得以再现，而作者的内心却已感叹万千。在上方的自题中，他写下这样的话：“一乐一憾，皆自有定。以今之憾而省昨者之乐，不能无感慨也。”就这样，沈周迎来了他的耳顺之年。

注释

〔1〕 （明）沈周：《桥东》，《石田先生诗钞》卷六，收录于《沈周集》，上海：上海古籍出版社，2013 年，第 164 页。

〔2〕 （明）沈周：《荷花燕诗》，《石田先生诗钞》卷六，收录于《沈周集》，上海：上海古籍出版社，2013 年，第 154 页。是书所载首句为“花供娟娟侑玉卮”，与《瓶荷图》所录有一字之差。

〔3〕 （明）沈周：《王理之写六十小像》，《石田先生诗钞》卷二，收录于《沈周集》，上海：上海古籍出版社，2013 年，第 70 页。

〔4〕 （明）沈周：《悼内》，《石田诗选》卷四，收录于《沈周集》，上海：上海古籍出版社，2013 年，第 615 页。

〔5〕 （明）吴宽：《宿田翁生圹志》，《家藏集》卷六十，据四部丛刊影印明正德本。

〔6〕 上揭文。

〔7〕 上揭文。

〔8〕 （明）沈周：《送韩宿田翁》，《石田先生诗钞》卷七，收录于《沈周集》，上海：上海古籍出版社，2013 年，第 179 页。

〔9〕 （明）沈周：《谢韩宿田遣子问病》，《石田稿》，收录于《沈周集》，上海：上海古籍出版社，2013 年，第 447 页。

写得东篱秋一株

——沈周诗画中的菊花

弘治七年的九月十五日（1494 年 10 月 13 日），重阳佳节刚过不久，沈周再一次来到吴宽家族的东庄参加雅集。这场雅集的主题或与赏秋有关，它的发起者并非彼时身处北京的老友吴宽，而更可能是东庄的第三代掌门——吴宽之侄吴奕（字嗣业）。在雅集中，沈周挥毫创作了一件《五柳图》。尽管我们今天已难觅此作的影踪，但从其名字来看，所绘内容应与东晋隐士陶渊明有关。（图 1）

“典午江山醉不支，先生归去自嫌迟。寄奴蔓草无容地，悭剩黄花一雨篱。”[1] 从沈周的另一首《渊明采菊》诗中，我们或许可以遥想《五柳图》的画面。这是一件典型的“高士图”，想必沈周亦曾着力在其中表现陶渊明隐逸的情致。渊明的最爱与象征——菊花，自然成为画中的焦点——“花开烂漫属秋风，满地黄金醉眼中。”[2] 金黄的菊花在秋风的拂动下遍地盛开，沈周在其题画诗中所营造的这种充满视觉冲击力的深秋幻境，至今读来令人神往。（图 2）

当沈周勾勒这梦幻秋景的时候，他的内心或许和我们一样充满艳羡。就在几天前的重阳当日，在那个本应赏菊品酒的日子里，他却发出了“今日九月九，无菊且饮酒”[3] 的感叹。无菊可赏的重阳节显然并不完美，但相比之下，寂寞更令他惆怅。已经六十八岁的沈周明白，“好花难开好时节，好酒难逢好亲友。”[4] 此时此刻，即便菊花盛开，

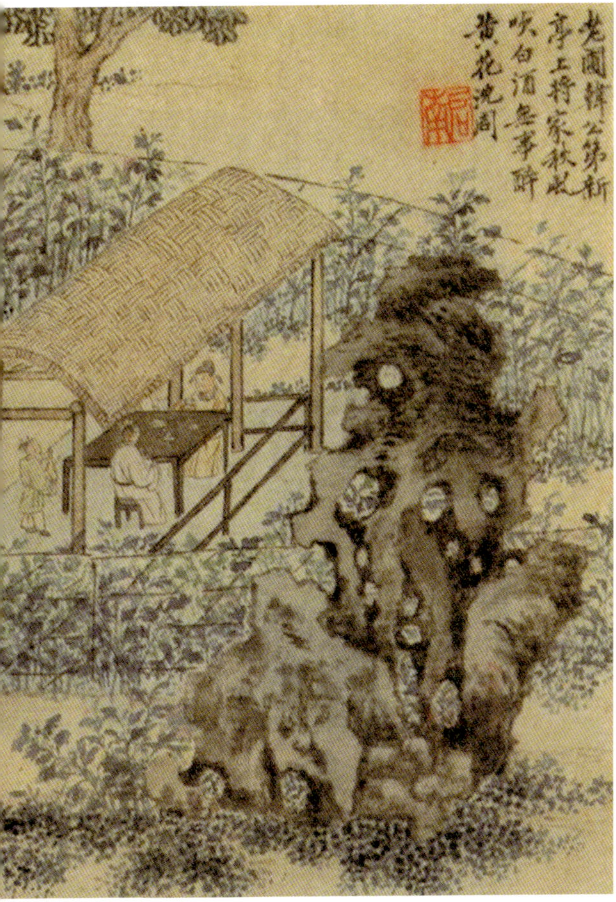

图1

沈周（款），《溪山草阁图》之一

册页，纸本设色

台北故宫博物院藏

「秋风吹白酒，无事醉黄花。」

太上皇帝之寶

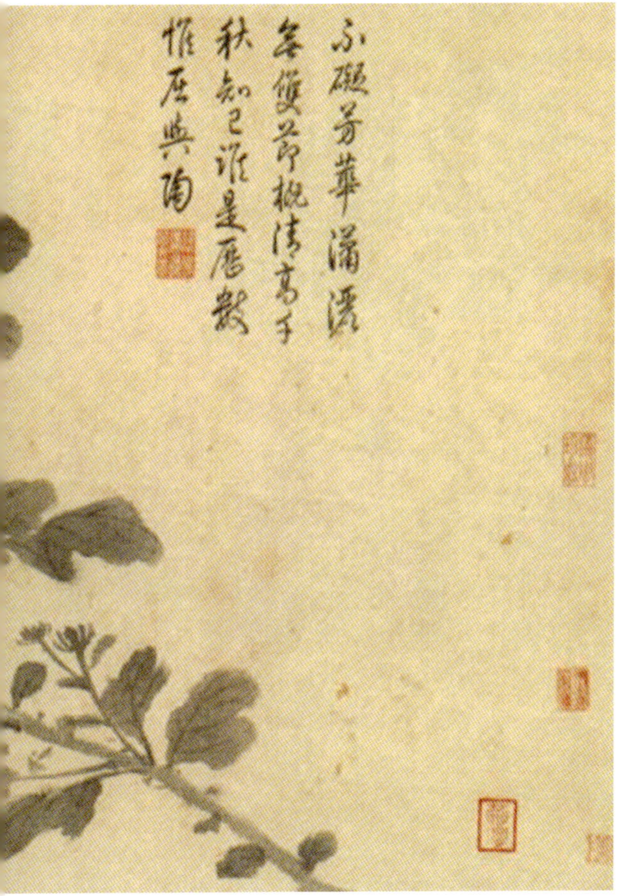

图2

沈周，《写生册》之『菊花』
册页，纸本水墨
台北故宫博物院藏

图3 沈周（款），《柑菊图》立轴，纸本水墨 藏地不详

也无人与他同赏。无奈之下，沈周只好借酒浇愁——“一杯两杯长在手，六印何消金握斗。三杯五杯不离口，万事莫谈瓶且守。”[5]直到“瓶云罄矣我即休”。[6]

“有花还问酒有无，有酒不论花无有。”[7]对于暮年的沈周而言，重阳的酒看上去比菊花更为重要。他的内心似乎十分纠结，一边感念“天应私我身独在”，[8]一边遗憾地叹息着“天不全人花乃后”[9]——那些曾经一同赏菊的亲友如同今年迟迟未开的菊花一般，缺席了。

五年前（1489）的重阳之际，沈周正客居于苏州城内的东禅寺。就在这一年的春天，他还曾于此欣赏牡丹，畅享着老来得孙的喜悦。不过，入秋以后，沈周的身体便开始抱恙。眼见秋风渐起，自己的病情却并不见好转。喜爱赏菊的沈周便为了“因将病眼洗寒姿”而“强借陶瓶应秋事”，[10]将折得的菊花置于瓶内供养观赏。当他看到金黄的花朵时，不禁“梦中笑口簪花伴”，[11]即便已经缠绵病榻，却仍能“枕上清斋止酒诗”。[12]

在这样的状态下，沈周还画了一张《菊花图》。此画很可能是受东禅寺僧信公之请而完成的应景之作。在题画诗中，沈周将菊花比作“节妇”，完全不同于桃李“轻贱”的艳姿，更有着“凌霜傲雪无凝脂”[13]的气质。两年后（1491）的秋天，信公圆寂。当沈周在同样的时节重回东禅寺时，看到的却是“屋掩云萝秋榻净，残经松月夜窗凉”[14]的景象。当晚，他转投承天能仁寺过夜，尽管心中满是“我来借宿今无主”[15]的悲凉，却也只能在“醉乡”中呼唤故人的名号。

另一位被称为福公的僧人，亦曾陪伴沈周赏菊。根据沈氏“水西钟磬我比邻”[16]的诗句，福公很可能就住在相城沈家附近的庙中。沈周曾与父亲一同到福公僧房中赏菊，那里给他留下了美好的印象。（图3）

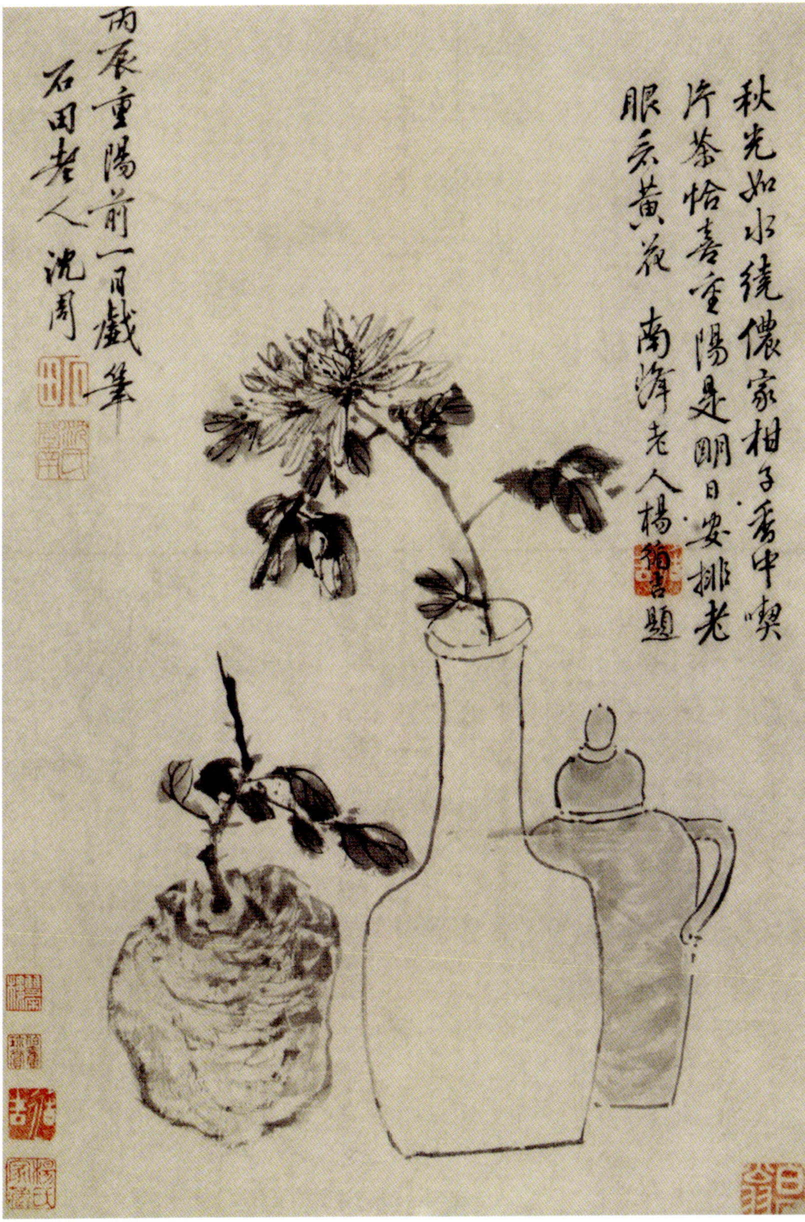
秋光如水繞儂家，柑子香中喫片茶。恰喜重陽是明日，安排老眼看黃花。南濠老人楊循吉題
丙辰重陽前一日戲筆
石田老人沈周

色久則變白長可引至丈許亦可攬結**萬鈴菊**中心淡黃餡子傍白花葉繞之花端極尖香尤清**蓮花菊**如小白蓮花多葉而無心花藥蕭散清絕一枝只一葩葉深綠**芙蓉菊**開如樓子芍藥**茉莉菊**花葉繁縟似茉莉**木香菊**多葉似御衣黃一名腦子菊**酴醾菊**細葉稠疊比茉莉差小而圓**艾葉菊**單葉長如蓬艾**白麝香**似麝香黃而差小韻頗勝**白荔枝**與金鈴同但花白耳**銀杏菊**淡白時有微紅杏葉全似銀**波斯菊**花枝倒垂捲如髮鬈**佛頂菊**初秋開白色漸變微紅**桃花菊**未霜即開最為妍麗色在桃杏梅之間**臙脂菊**類桃花深紅淺紫比臙脂尤重**紫菊**一名孩兒菊花如紫茸叢茁微香[illegible]題紫詠白

菊 還是延年一種材即將瑤朵冒霜開不如紅艷臨歌扇欲伴黃英入酒盃陶令接籬堪岸著梁王高屋好歌來月中若有閑田地爲勸常娥作意

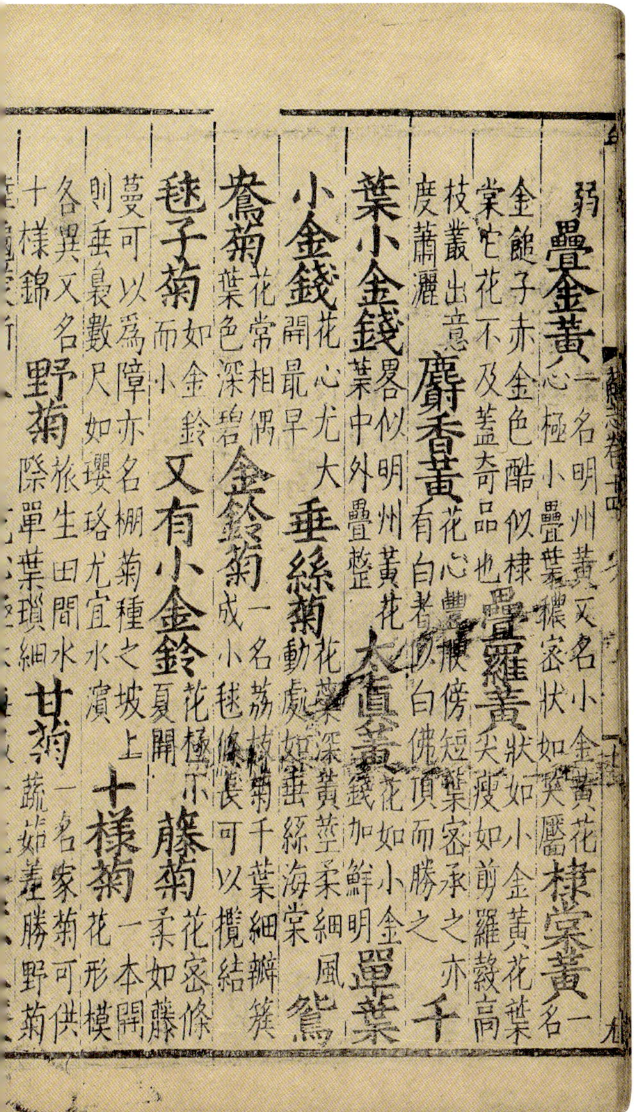
弱 疊金黃一名明州黃又名小金黃花心極小疊葉穠密狀如笑靨 棣棠黃一名金餖子赤金色酷似棣棠花不及蓋奇品也 疊羅黃狀如小金黃花葉尖瘦如剪羅縠高枝叢出意度蕭灑 麝香黃花心豐腴傍短葉密承之亦有白者頗白佛頂而勝之 千葉小金錢畧似明州黃花葉中外疊整 大金黃花如小金錢加鮮明 單葉小金錢花心尤大開最早 垂絲菊花蕊深黃莖柔細風動處如垂絲海棠 鴛鴦菊花常相偶葉色深碧 金鈴菊一名荔枝菊千葉細瓣簇成小毬偏長可以攬結 毬子菊如金鈴而小 又有小金鈴花極小夏開 藤菊花密條柔如藤蔓可以爲障亦名棚菊種之坡上則垂裊數尺如瓔珞尤宜水濱 十樣菊一本開花形模各異又名十樣錦 野菊旅生田間水際單葉瑣細 甘菊一名家菊可供蔬茹差勝野菊

图4 正德《姑苏志》中介绍了当时苏州的三十六种名菊书影

“精庐自春艺，锄理亦良勤。”[17]福公善于培植菊花，这让沈周颇为赞赏。据正德《姑苏志》记载，当时流行于苏州地区的菊花名品有三十六种，而种菊本身亦非易事。对此，沈周也略通一二：“合瓦团团缚小盆，烟丛分莳绕秋轩。先教辩叶方知种，更虑浇泉太渍根。”[18]（图4）

除了精巧的种菊技艺外，福公房赏菊给沈周留下的最深印象，便是“觞酌集朋旧，庭宇旷且清”[19]的氛围。福公嗜酒，甚至最终亦是殒命于此。在挽诗中，沈周以“黄菊酒香诗社里，相思偏使泪沾巾”[20]的诗句，表达了对福公以及赏菊雅集的怀念。而当他晚年再次看到自己曾经为福公所作的《送酒赏菊图》时，不禁想到彼时一同赏菊的十人中已有六人离开了人世，其中也包括自己的父亲。面对着画中的“无限伤心旧游地”，沈周也只有“一篱秋雨对沾巾”[21]了。（图5）

“一纸千金属邻舍，凭君保取不凡枝。”[22]将自己所绘的菊花赠送亲友，既是一同赏菊的纪念，亦是渊明一般高情的传递。在沈周看来，“纸上东篱亦可觞”，[23]而“东篱不可桃与李，只可秋来有菊枝”。[24]对菊花的喜爱，始终流露在他的诗画之间。当沈周晚年回忆起那些年一同赏过的菊花和一同赏花的亲友，难免心生凄凉。不过，当这位古稀老人在下一个“九日簪花白头上”之际，却还能俏皮地自嘲“风流何减少年时？”[25]因为他早就参透：“有酒有花皆乐事，人间无日不重阳。”[26]

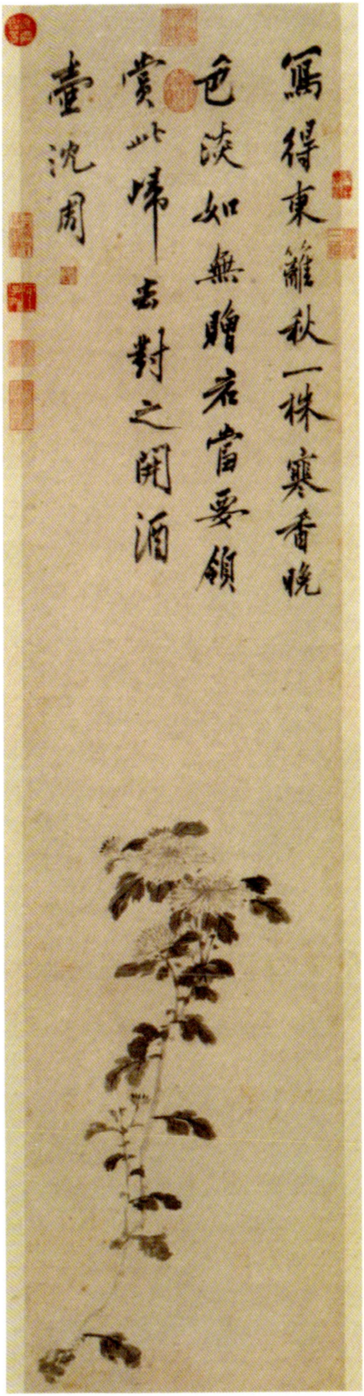

图5

沈周，《墨菊图》

立轴，纸本水墨

台北故宫博物院藏

注释

〔1〕（明）沈周：《渊明采菊》，《石田诗选》卷五，收录于《沈周集》，上海：上海古籍出版社，2013年，第627页。

〔2〕（明）汪砢玉：《五柳图》，《珊瑚网》卷三十八，名画题跋十四，据清文渊阁四库全书本。

〔3〕（明）沈周：《九日无菊》，《石田诗选》卷一，收录于《沈周集》，上海：上海古籍出版社，2013年，第590页。

〔4〕上揭文。

〔5〕上揭文。

〔6〕上揭文。

〔7〕上揭文。

〔8〕上揭文。

〔9〕上揭文。

〔10〕（明）沈周：《病中折菊为供》，《石田先生诗钞》卷七，收录于《沈周集》，上海：上海古籍出版社，2013年，第168页。

〔11〕上揭文。

〔12〕上揭文。

〔13〕（清）缪曰藻：《菊花图》，《寓意录》卷三，据清道光二十年上海徐氏寒木春华馆刊本。

〔14〕（明）沈周：《挽东禅信公》，《石田先生诗钞》卷七，收录于《沈周集》，上海：上海古籍出版社，2013年，第175页。

〔15〕上揭文。

〔16〕（明）沈周：《挽邻僧福公》，《石田稿》，收录于《沈周集》，上海：上海古籍出版社，2013年，第341页。

〔17〕（明）沈周：《福公房赏菊》，《石田稿》，收录于《沈周集》，上海：上海古籍出版社，2013年，第334页。

〔18〕（明）沈周：《莳菊》，《石田先生诗钞》卷七，收录于《沈周集》，上海：上海古籍出版社，2013年，第177页。

〔19〕上揭《福公房赏菊》。

〔20〕上揭《挽邻僧福公》。

〔21〕（明）沈周：《补题福公送酒赏菊图》，《石田稿》，收录于《沈周集》，上海：上海古籍出版社，2013年，第407页。

〔22〕（明）沈周：《先人画菊》，《石田稿》，收录于《沈周集》，上海：上海古籍出版社，2013年，第539页。

〔23〕　（明）沈周：《古中静学写菊旧号铁梅改为菊堂次张碧溪韵》，《石田诗选》卷八，收录于《沈周集》，上海：上海古籍出版社，2013年，第686页。

〔24〕　（明）沈周：《可菊》，《石田诗选》卷七，收录于《沈周集》，上海：上海古籍出版社，2013年，第663页。

〔25〕　上揭文。

〔26〕　上揭《古中静学写菊旧号铁梅改为菊堂次张碧溪韵》。

一枝新发状元红

——沈周诗画中的考生

五百多年前的苏州，越来越多的读书人希望通过科举改变自己的人生。他们中的大多数人，久经考场，却矢志不渝。汤夏民（字时臣，号北窗）便是其中之一。

成化十三年（1477）的孟冬，一年即将过去。已经年近四十的汤夏民感叹着自己“学力之未至”，写下一段艰辛的考学心路：“予不利于场屋凡七度矣。丁酉秋，归复如昔，避居远侮……”按明朝典例，每逢子、午、卯、酉年，各省及直隶州县都会在当年八月举行乡试，直接面向基层选拔优秀人才。通过乡试之后的考生便获得举人的身份，并有机会参加来年春天由礼部统一举行的会试。一旦通过会试，则进入殿试。至此，考生们将直接接受天子的考核——这正是大多数读书人梦寐以求的荣耀。

成化十三年便是汤夏民所提到的那个丁酉年，也就是说，这一年的乡试，他又失利了。前后八次失意于考场，意味着汤夏民已至少在乡试上耗费了二十四年的光阴。不过，他似乎并不绝望，不仅期待着“他时有成”，还颇为自信地写下“寂寞谁怜涧畔松”“秋老芙蓉始着花”和“自是幽姿宜向晚”这样的诗句，传递出对自己“大器晚成”的自勉与自信。周围的长辈与朋友也很同情他，一些人还步其韵脚，写下宽慰的诗句。这些题诗被汤夏民装裱成卷，意欲传诸儿孙，永为纪念。

如今，这些题诗被装裱在沈周所作的《松下芙蓉图》之后，遂为画名所掩。在这件设色淡雅的画作中，一株芙蓉昂然挺立，一枚花朵绽放枝头，而更多的花苞则蓄势待放。与芙蓉的写意没骨技法形成对比，一旁的松树墨色分明、轮廓清晰，二者共同演绎着汤夏民诗句中所蕴藏的踌躇满志和不屈之心。沈周在画尾的落款中说此作绘于“弘治己酉（1489）夏”，表明此画虽然装裱在卷前，但在时间上却晚于拖尾中的多数题诗。（图 1）

沈周并未在《松下芙蓉图》中提及汤夏民，对于他俩的交情，我们知之甚少。现存故宫博物院的《南山祝语图》后，留有二人的题跋，由此可知他们都是画主韩世光的朋友。（图 2）关于韩世光，除了其家族数代为医之外，我们仅知他曾有过与沈周一道在雨中泛舟由阊门出城经游虎丘的经历。[1] 但可以确定的是，沈周对汤夏民屡试不中的经历是了解的。他曾在一首为后者送行的诗中写道：“鸿鹄不卑飞，大川无困鳞。”[2] 言语之间充满着鼓励，并且劝勉汤夏民“丈夫务远志，谈笑别所亲”，[3] 希望他志存高远，不为家累。尽管写作这首赠别诗的具体时间已难考证，但根据诗中第二联“出门非徒行，甫充观国宾”[4] 一语或许仍可作一些推测。此句源自杜甫《奉赠韦左丞丈二十二韵》中“甫昔少年日，早充观国宾”一语，一般认为，这是杜甫回忆自己早

弘治己酉夏
長洲沈周

图一 沈周，《松下芙蓉图》
手卷，纸本设色
美国密歇根大学艺术考古博物馆藏

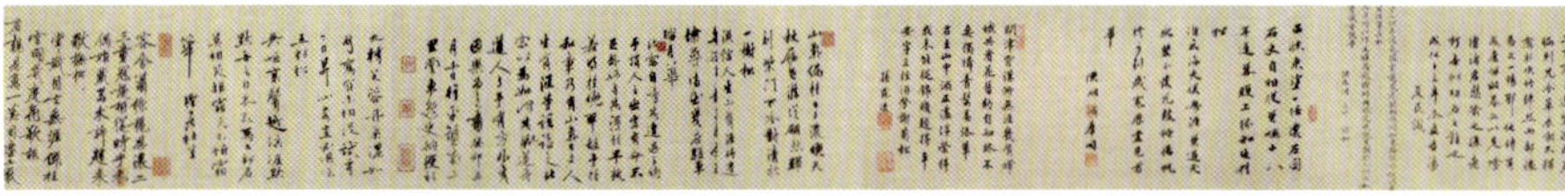

年以乡贡资格来到洛阳参加进士考试的经历，而“观国宾”一词也从《周易》原文语境中的意涵具体为赴京考学之人的代名词。沈周一方面以“甫充观国宾”暗示汤夏民刚刚中举后的身份变化，一方面又以“出门非徒行”指出汤氏的这次出行终于不再徒劳。“愿言修厥德，荣名以为珍。”[5]送别终于踏上仕途的汤夏民，沈周嘱托谆谆。

相比于中举之后获得沈周赠别诗与画作的经历，《松下芙蓉图》拖尾上诸人的题诗，更能反映出汤夏民中举前的辛酸。此卷拖尾上的汤夏民自书跋文之后，留有三段题诗。它们的书写者都是直接和诗，并未写下更多与汤氏有关的只言片语。这三段题诗的作者，依次为浦应祥（字有征）、陈璚（字玉汝，号诚斋）和孙霖（字希说，号希庵）。其中，浦应祥在汤夏民第八次落榜的成化十三年以乡贡成为举人，陈璚也在同年通过乡试成为举人，并于第二年通过会试得中进士；而孙霖则在题诗后钤盖了“辛丑进士”的印章，彰显其成化十七年（1481）进士的身份。所有这一切，都与前面汤夏民自述中的考场失意形成鲜明对比。

而在第四段姚绶（字公绶）的题跋中，他直截了当地安慰汤夏民“须信人生之有涯”且“人之出处有命”，大有劝其放弃科举之意。他还特别提到自己是因为与别号“莲州道人”的汤氏之兄有方外因缘，才答应其请求题写此跋。或许，后来的沈周也是受到汤夏民的请托，才绘制了此作。不过，正如我们前面已经提到的那样，此时的汤氏早已不是当年姚

图2 沈周，《南山祝语图》手卷，纸本设色 故宫博物院藏

绥所见到的那个落榜生了，而精心绘制《松下芙蓉图》相赠的沈周，也必然心怀与姚绶当年截然不同的情感。

姚绶不会想到，汤夏民始终未曾放弃应试，并终于在成化二十二年（1486）于顺天府（今北京）中试成为举人，后来还担任了龙游知县一职。[6] 这一年，与他同场竞技的考生共有二千三百人，最终只有一百三十五人得中。[7] 此时，距离成化十三年又过去了九载，汤氏已届知天命之年。但无论如何，正如我们在沈周画作中所看到的那样——这株老芙蓉终于开了花。（图3）

像汤夏民这样的考生，在当时的苏州并不罕见。沈周曾在送别好友常熟人钱仁夫（字士弘，号东湖居士）赴京参加会试的诗中写道："五十功名休谓晚，老成还听首传胪。"[8] 可见其同样饱尝科场艰辛。幸运的是，钱仁夫最终名列弘治十二年（1499）己未科第二甲赐进士出身，从此开启了短暂的政治生涯。

就在为汤夏民绘制《松下芙蓉图》的弘治己酉年，沈周还曾为另一位即将赴应天府（今南京）参加乡试的考生陈师尹绘制过一件《折桂图》，以表祝愿（图4）。相比于前者那样的诗意图，后者的画面朴素而直接。画中，沈周以墨笔描绘一株折断的桂枝，用不同的墨色染出树叶，并用浓墨点出粒粒桂花。在画轴上部，沈周写下蕴含美好祝愿的诗句："江东八月有秋风，举子攀花望月中。此是词林旧根底，一枝新发状元红。"当姚绶看到陈师尹送来索

《南山祝语图》（局部）

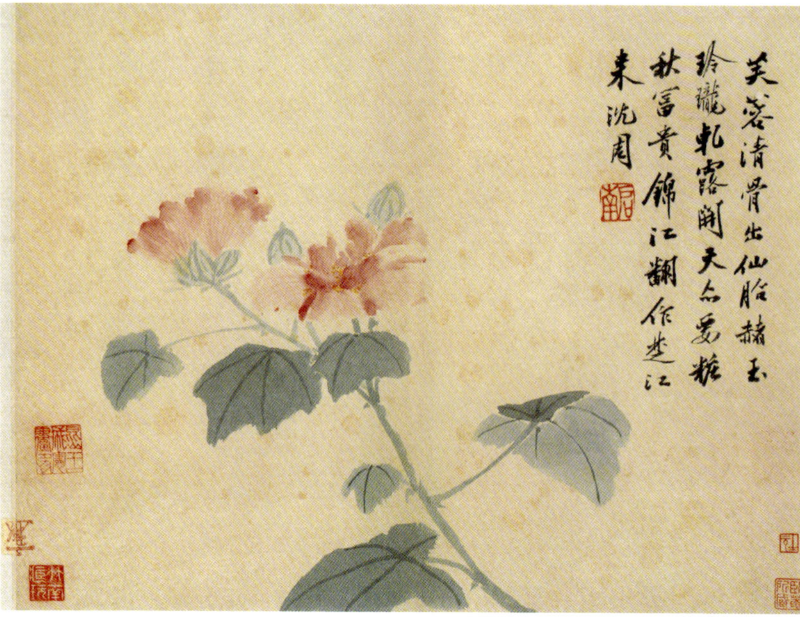

图3 沈周，《卧游图册》之「芙蓉」
册页，纸本设色
故宫博物院藏

题的这件沈周墨桂之后，也对这位考生大加鼓励：“期师尹步蟾高攀，在此一举！”

《松下芙蓉图》与《折桂图》的相同之处在于，两者都是由考生向沈周求得，虽然画面内容不同，但所绘均为秋季景物，这不仅契合了乡试的时节，同时也传递出恰如其分的美好寓意。以它们为代表，沈周绘画中的“应试”作品渐露端倪——这类作品不仅受到考生们的欢迎，承载着对他们人生重要时刻的祝愿或者纪念，也在沈周自己的人际交往中发挥着作用。

桂枝是沈周“应试”主题画作中最为常见的素材。在现藏台北故宫博物院的《金粟晚香图》（图5）上，沈周写道：“一树黄金粟，秋风吹晚香。姮娥亲折得，赠与少年郎。”

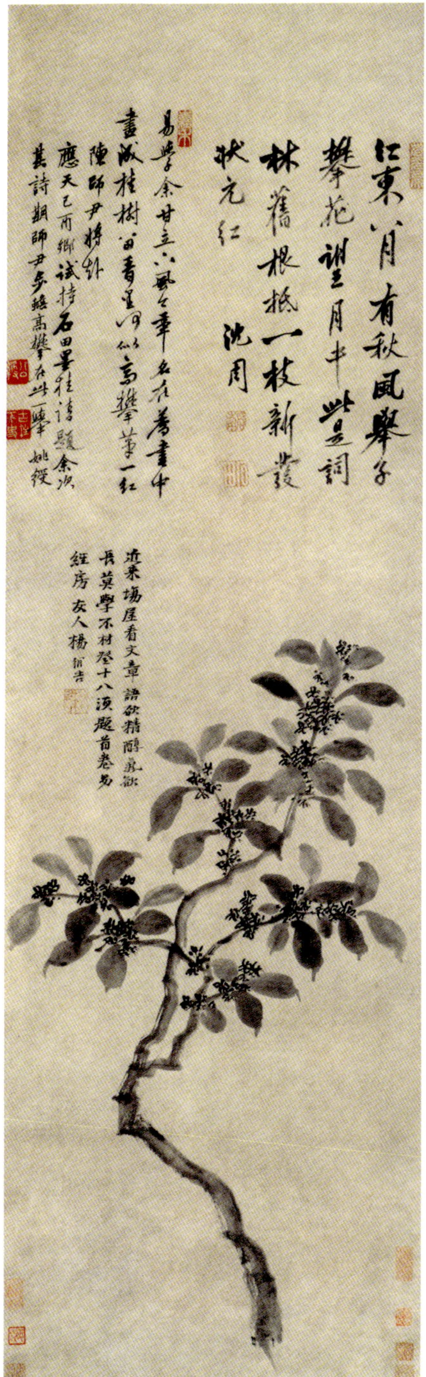

图 4 沈周，《折桂图》
立轴，纸本水墨
上海博物馆藏

图5 沈周，《金粟晚香图》
立轴，纸本水墨
台北故宫博物院藏

图6　沈周，《红杏图》
立轴，纸本设色
故宫博物院藏

其实，摘得这些桂枝赠与“少年郎”们的，并非诗中所想象出来的“嫦娥”，而正是沈周自己。这位终生未曾参与科举的吴门老前辈，对后生晚辈们登科进士、求取功名的努力，给予了鼓励与祝福。

弘治十四年（1501）秋，当前辈刘珏的曾孙刘布中举后，已经七十五岁的沈周亦曾绘制一件桂枝相赠。除了表达祝贺，自然还有对其进一步“折桂”的希冀。不同于汤夏民与陈师尹，年轻的刘布作为师长的后代，受到了沈周的格外关照。第二年，刘布不负众望，获中壬戌科会试第三甲第一百九十九名赐同进士出身。欣喜之余，沈周又以刘珏亲种的红杏为对象，创作了一件图轴相赠，勉励他勿忘先辈的“遗泽”。（图6）

《红杏图》与《金粟晚香图》有着类似的构图，画中的杏树从画面左下角探出，扶摇而上。满树盛开的杏花不仅象征着进行会试的春季，更代表了沈周在题画诗中对“又见春风属后生”的喜悦。正是在春风中，“一枝新发状元红”。

〔1〕 （明）沈周：《雨中与韩世光经虎丘》，《石田稿》，收录于《沈周集》，上海：上海古籍出版社，2013年，第531页。

〔2〕 （明）沈周：《送汤时臣》，《石田稿》，收录于《沈周集》，上海：上海古籍出版社，2013年，第471页。

〔3〕 上揭文。

〔4〕 上揭文。

〔5〕 上揭文。

〔6〕 （明）万廷谦等：《龙游县志》卷六，万历四十年原修，民国十二年重刊排印本。

〔7〕 （明）李东阳：《顺天府乡试录序》，《怀麓堂集》卷二十七，文稿七，据清文渊阁四库全书本。

〔8〕 （明）沈周：《送钱士弘会试》，《石田诗选》卷七，收录于《沈周集》，上海：上海古籍出版社，2013年，第675页。

不远千里钟于公
——沈周诗画中的先生

“苕溪秋高水初落，菱花已老菱生角。”秋风已至，江南的菱角可堪采撷。每年夏秋之交，采菱的娘子们便划着小艇或是木盆，穿梭在河网水塘的大片菱盘间，起获隐没在水下的那一朵朵带刺的果实。

现藏日本京都国立博物馆的一幅名为《芦汀采菱》的画作中，沈周为我们保留下了当年江南采菱的景象。远山映衬的开阔湖面上，漂浮着点点成片的菱盘。画家以简练的笔触，点出策舟的采菱人——他们或划桨，或采菱。江南水乡最为常见的一道秋景，就这样凝固在了纸面上。不过，画中这种田园牧歌式的美好背后，却饱含了采菱人的苦辛。正如杜琼（字用嘉，号东原）在此画上的题诗所说，采菱人“纤纤十指寒如冰，不怕手寒并刺损”。（图 1）

成化七年的阳月望日（1471 年 11 月 26 日），沈周的弟弟沈召将这件《芦汀采菱》图带给杜琼观赏，并请他题诗。然而，才华横溢的杜琼却似乎有点“猝不及防”，“一时不能即就”。最终，他将自己关于湖州采菱娘的一首旧诗题于画上，还颇为自得地说：“图景与诗意颇合，亦云可也。”

作为沈周最重要的老师之一，杜琼在题跋中亲切地称呼爱徒为“石田生”。尽管此时的沈周已经四十五岁，但显然在老师的眼中，他永远是年轻的后生。

一个多月后的腊月初五（1472 年 1 月 14 日），杜琼迎来七十六岁的生日。沈周为此专门写了一首七言诗祝寿。诗中，他以“长庚坠地不为石，化作文星老诗伯。诗声吹春妙南国，千斛明珠百双璧”[1]之句，称颂杜琼的高寿、文才与声望，并将他比作“文星”，赞美之情溢于言表。

从沈周诗中“琅玕丛中绿亭窄，梅花压檐四边白”[2]之语来看，当天的祝寿活动应该就在杜琼家中进行。“绿亭”所指即是杜家私园中的“延绿亭”。建于景泰元年（1450）的这座茅草亭，是杜琼心爱的景观，他因此自号为“延绿亭主人”。师生众人在杜家把酒言欢，同庆主人的寿诞。杜琼兴尽之余亦饮酒颇酣，显露醉意，沈周便以“醉乡春风开寿域，方入瞳眼睛光滴”[3]之语维护和赞美老师。

为老师的寿诞献礼，是已过不惑之年的沈周颇费心思的一桩要务。这不仅关系到基本的师生礼仪，也饱含了他对师长的体贴、深情与敬意。

就在杜琼七十六岁寿诞前不久的八月初一（1471 年 8 月 16 日），苏州还是“桂花压麝香满城”。[4]这一天，沈周向陈宽（字孟贤，号醒庵）——他人生中另一位重要的老师——同样敬献了一首七言祝寿诗。陈宽与杜琼，不仅同为沈周的恩师，亦是同龄人，并且还有着同窗之谊。

作为当时苏州的名儒，陈宽备受士林推崇。在其弟陈完（字孟英，号未庵）看来，陈宽乃是其家学“历三四百年以

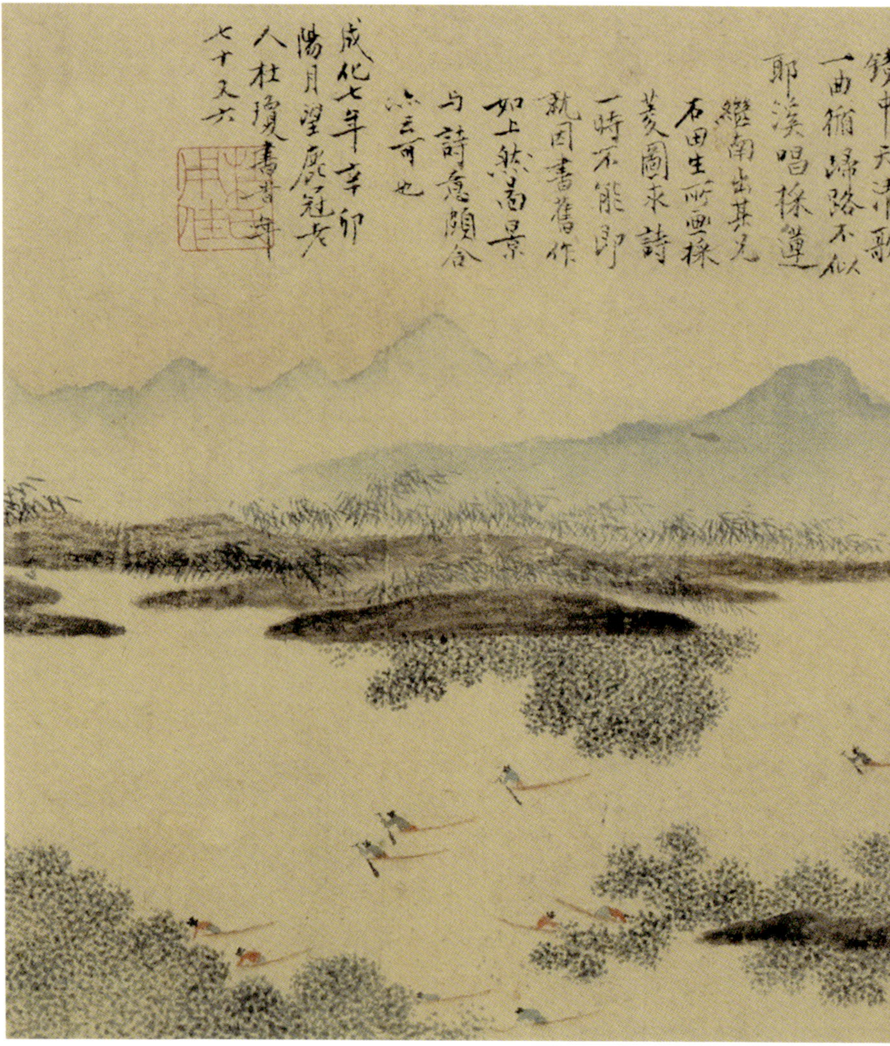
一曲棹歸路不似
耶溪唱採蓮
繼南出其兄
石田生所畫採
菱圖求詩
一時不能即
就因書舊作
如上然畫景
與詩意頗合
亦云奇也
成化七年辛卯
陽月望鹿冠老
人杜瓊書時年
七十又六

图一 沈周，《九段锦》之《芦汀采菱》手卷，纸本设色 日本京都国立博物馆藏

至于今不绝”[5]的关键人物。事实上，陈宽之所以具有广泛的影响力，至少得从其父陈继（字嗣初，号怡庵）说起。

洪熙元年（1425），朝廷“奖用儒术，茂兴文治”，[6]诏令各方举贤。时任太子少保的杨士奇（号东里）直接向皇帝举荐了年迈的陈继。应征入京后，陈氏被授予“翰林五经博士”，供职于新设立的弘文阁中，是洪熙、宣德两朝皇帝的文学顾问。这使他成为陈家与故乡的荣耀，而“五经博士”也由此作为陈继的代称蜚声吴中。

陈宽时常北上随侍老父，并早早展露才华，见多识广的杨士奇亦认定其“他日独步东南”。[7]宣德七年（1432），陈继因眼疾辞职还乡，陈宽也随父一并回到苏州。很快，杨士奇的预言成为现实——“士林争延师席，以不得为歉。郡守朱公建社学，礼先生为师。”[8]年轻的吴中学子纷纷投至陈宽门下，期盼自己的诗文能够得到名师的点拨。而陈宽也十分耐心，认真教导，受教者“莫不心醉而去”。[9]在时人“东吴之士将被其泽矣”[10]的赞叹声中，陈宽俨然已经成为当时苏州乃至江南地区的人气名师。而名师自然要出高徒，“出其门者皆为名士”。[11]

不难想象，想要成为这样一位名师的弟子，恐怕光排队就要等上好久。宣德七年，沈周不过六岁，但他却能在此后不久便顺利地入学陈门，这又是为何呢？原来，其父沈恒与伯父沈贞早年便师从陈宽之父陈继，而祖父沈澄亦与陈继之父陈汝言交情甚笃。可以说，两家的世交渊源使沈周受教于陈宽成为必然。（图 2）

跟着陈宽，不仅可在学问上得到指授，更会在人生观方面受到影响。他常激励学生：“士而贫，多于工商而富，当以廉耻自重，不可干富者之门、升斗之粟。”[12]陈宽十分看重读书人的气节与操守，即便贫困潦倒也不能动摇心志、丧失廉耻。沈周亦曾提到恩师是“荣名利禄云过眼”之人。除此以外，他还过着尚古的风雅生活——“好蓄古今书画古器，服古名贤巾服。”[13]这使得陈宽在当时便具有很高的辨识度，人们走在路上一望便知：“此东吴大老也。”[14]

图2 陈汝言，《百丈泉图》
立轴，纸本水墨
台北故宫博物院藏

陈汝言在为这件作品落款时，特别写下了自己的郡望——『庐山』。

“我尝游公门，仰公弥高庐不崇。”与老师一样，沈周始终过着淡泊明志的隐居生活，坚持诗文写作，并爱好收藏书画古器——陈宽的言传身教影响了他的一生。

成化三年的端午（1467年6月6日），沈周在为陈宽祝贺七十大寿所精心绘制的《庐山高》上写下长篇颂词。（图3）他以庐山比喻老师的崇高，并以“门生长洲沈周诗画，敬为醒庵有道尊先生寿”落款，尽显崇敬。选择描绘庐山的另一个原因在于，那里原本就是陈氏的老家。尽管自曾祖陈徵（字明善）时便避乱迁居吴中，陈宽早已算不上是土生土长的“庐山人”，但他仍时常“西望怀故都”，对故乡有着深深的眷恋。于是，沈周以“尚知庐灵有默契，不远千里钟于公”为主旨，悉心绘制了这件具有双关寓意的山水画并作为寿礼献给恩师，既表达了祝寿之意与敬仰之情，亦缓解了老师的思乡之苦，十分体贴而周全。在画风的选择上，沈周亦取法与陈宽祖父陈汝言过从甚密的王蒙，并将后者较为浓重繁密的墨色风格加以弱化，并略施淡彩，从而使画面更显古雅。此外，沈周在画上所题“庐山高”三篆字尤为醒目。这不仅体现了“古意”，也是陈宽题跋时常用的书体之一，同样展现出这位学生的细腻心思。（图4、图5、图6）

沈周一生不止一次描绘庐山。后来，他还曾为晚辈徐祯卿（字昌谷）绘制过一件《庐山图》。但《庐山高》图所呈现出的构思精巧与技法精妙，以及其所蕴含的情致，他作无法比肩。

献画为陈宽祝寿，在当时并不鲜见。沈周就曾见过一幅别人赠送给陈宽的名为《朝阳飞凤竹》的寿礼画，并为之和诗。据他描述，此画将陈宽描绘在竹林之间，以清幽的环境烘托主人的高情。天空中，朝阳展翅的凤凰则象征了陈宽的遗世独立。与《庐山高》相比，此作的构图与寓意更为通俗和直白，可能是当时较为流行的一种文人祝寿图式。

“春酣仙颊红如婴，掀髯一笑三千龄。”[15]成化七年，沈周再度向陈宽奉上祝寿的诗篇。我们至今仿佛仍可从字里行间感受到这位老师面对爱徒时的矍铄、欣慰与喜悦，当然

图3 沈周，《庐山高》立轴，纸本设色
台北故宫博物院藏

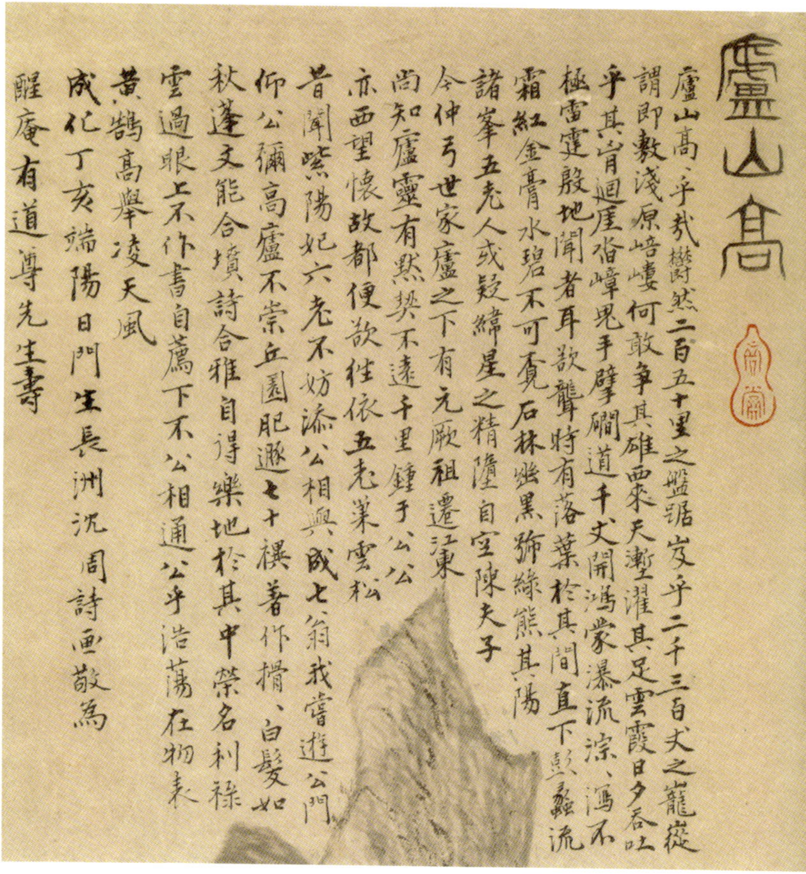

图4 沈周《庐山高》题赞局部

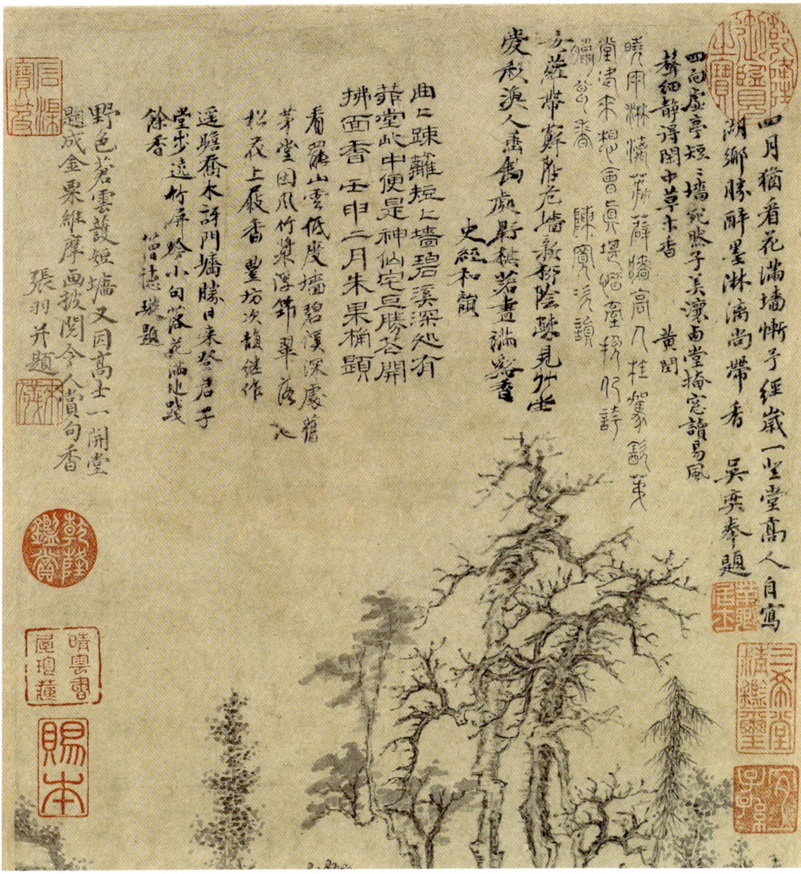

图5

张羽（款），《枯木幽亭图》陈宽题跋局部

立轴，纸本水墨

嘉德2020春季拍卖

这件元代张羽所作的《枯木幽亭图》上，仍保留着一段陈宽的篆书题跋。

图6

沈周，《桃花书屋图》题跋局部
立轴，纸本水墨
中国国家博物馆藏
画作的右上角也残存有陈宽题写的跋文，不过并非以篆书题写。

还有学生对恩师的融融深情。两年后的十一月廿三日（1473年12月12日），陈宽辞世，“吴中贤士大夫皆吊哭之，尽哀焉”。[16]又过了一年，第二年的十月戊申日（1474年12月5日），杜琼也因病去世。师生之间的故事就此画上了句号，但浓浓的师生情谊却透过文字与画面，历久弥坚，馨香弥远。

注释

〔1〕（明）沈周：《季冬五日寿东原先生》，《石田先生诗钞》卷一，收录于《沈周集》，上海：上海古籍出版社，2013年，第34页。

〔2〕上揭文。

〔3〕上揭文。

〔4〕（明）沈周：《八月一日寿醒庵陈先生》，《石田先生诗钞》卷一，收录于《沈周集》，上海：上海古籍出版社，2013年，第35页。

〔5〕（明）陈完：《仲兄醒庵先生墓志铭》，《吴都文粹续集》卷四十，据清文渊阁四库全书补配清文津阁四库全书本。

〔6〕（明）杨士奇：《故翰林检讨陈君墓碑铭》，《东里文集》卷十四，据清文渊阁四库全书本。

〔7〕上揭文。

〔8〕上揭陈完《仲兄醒庵先生墓志铭》。

〔9〕上揭文。

〔10〕上揭文。

〔11〕上揭文。

〔12〕上揭文。

〔13〕上揭文。

〔14〕上揭文。

〔15〕上揭沈周《八月一日寿醒庵陈先生》。

〔16〕上揭陈完《仲兄醒庵先生墓志铭》。

笑吞三万六千月

——沈周诗画中的中秋

“老人能得几中秋，信是流光不可留。”[1]弘治二年的中秋（1489 年 9 月 9 日）刚过不久，寄宿在苏州城中双峨寺内的沈周，眺望着夜空中的明月，重新抄下自己的这句旧诗，对于人生易老、流光易逝的感叹再一次涌上心头。

双峨寺本名承天能仁寺。这座位于城北的古刹，因寺前有两座人称“双峨”的小土堆而得名，是沈周颇喜投宿的一处寺院。早在成化七年（1471）的夏天，沈周就曾在这里与前辈徐有贞（字元玉，号天全翁）借月色小酌。那一晚，兴致勃勃的徐有贞“入更来敲僧户闭”，[2]硬是在半夜敲开了紧闭的寺门。他自称这是效法“秉烛夜游”的故事，并招呼着沈周上酒解暑。二人把酒言欢，谈诗论画。当晚的情形令沈周难忘，他于是写下“先生于此如有言，当与双峰共磨灭”[3]的诗句。“双峰”，应当是对“双峨”的夸张。第二年，徐有贞便离开了人世。（图 1、图 2）

十八年后，当双峨寺的皓月又来，先生却早已不在，而沈周自己也已六十三岁。面对熟悉的月夜与双峨，他又一次发出了“古今换人不换月”[4]的慨叹。

沈周第一次发出这样的感慨，还是在三年前的中秋（1486 年 9 月 12 日）。那一年，六十岁的沈周在老家的“有竹庄”，举办了一场中秋聚会。参加这场聚会的宾客今天已难全知，可能有五人，亦可能为七人。唯一可以确认的是，老友浦正（字友正，号舒庵）名列其间。此外，姚丞（字存道，号畸艇）、朱存理（字性甫，号野航）、祝允明（字希哲，号枝山），以及沈家的子侄辈成员可能也参与其中。

据姚丞的玄孙姚希孟记述，当时姚家就住在北护城河边，离相城不远。姚丞因此得以经常策舟前往沈家，与沈周过从甚密。为了不错过这场聚会，姚丞硬是拖着病体赶往相城。诸友吟哦题咏一时传为美谈。其间，“有缚鸡携酒自墙东至者，有网河得鱼贯而呈诸客”。[5] 而沈周后来亦有“农屋赏秋开小宴，蟹螯鱼尾荐溪新”之语。（图 3）众人就这样品尝着美酒与时鲜，共度佳节。

聚会第一天的八月十四日（1486 年 9 月 11 日）夜，沈周与浦正等好友一同在有竹庄赏月。望着熟悉的月亮，沈周忽然感到一阵忧伤：“月圆还似故人圆，故人散去如月落。”[6] 环视身边的年轻人，却一个个喜形于色，他不禁心生“旧月新人风马牛”[7] 之感。眼见着“后生茫茫不知此，年年见月年年喜”，自己虽是“老夫有眼见还同”，却早已是“感慨满怀聊尔耳”了。（图 4）

浦正是沈周的同龄人。当沈周发现席间只有浦正与自己一样白了头发，这才仿佛有些“释怀”：“舒庵与我六十人，更问中秋赊四十。”沈周希望老友能与自己一起借着中秋的佳期，再过上四十年的美好人生。而浦正似乎也对此情此景颇为留恋，当场出纸邀请沈周以画记之，于是后者便挥毫创作了一件名为《有竹庄中秋赏月》的长卷传世。今天，我们可以看到的沈周名下以“有竹庄赏月”为主题的画作并不止一件，它们的画面不尽相同，但几乎所有的画卷之后都附题有作者在成化二十二年中秋前夜写下的这首长诗。（图 5）

“老来偏与月相恋，恋月还应恋佳节。”[8] 即便触目伤怀，晚年的沈周似乎还是越来越迷恋这一轮圆月。他不仅会在有竹庄举办赏月聚会，还热衷于湖上赏月，曾有“爱是中秋月满湖，尽贪佳赏亦须臾”[9] 之语。事实上，沈周赏月的时间亦不局限于中秋。就在同一年的春夏时节，好友钱

图1

沈周，《秋林读书图》

立轴，纸本水墨

台北故宫博物院藏

此图于1491年的深秋作于双峨寺

图2

沈周，《折枝海棠图》

立轴，纸本水墨

美国克利夫兰艺术博物馆藏

1500年的春天，沈周在双娥僧舍画下寺中盛开的海棠。

图3　沈周，《写生册》之『虾蟹』
册页，纸本水墨
台北故宫博物院藏

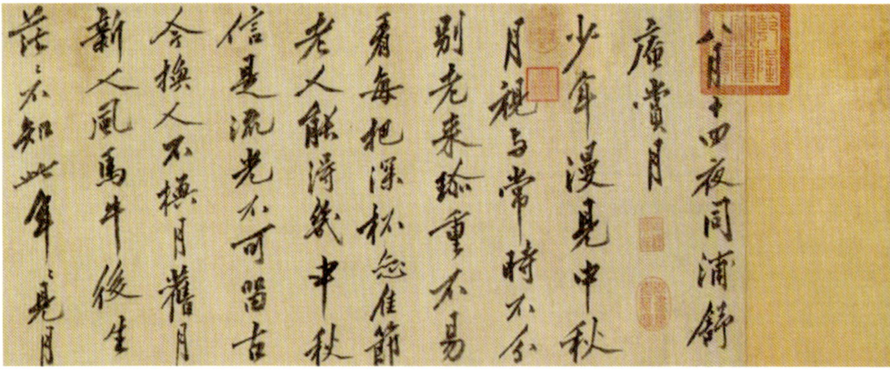
八月十四夜同浦舒
庵賞月
少年漫見中秋
月視与常時不分
別老來珍重不易
看每把深杯念佳節
老人能得幾中秋
信是流光不可留古
今換人不換月舊月
新人風馬牛後生
莘莘不知此年年見月

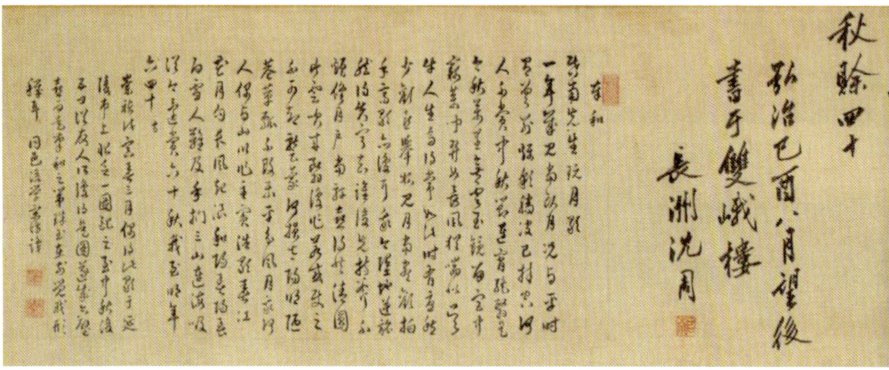
秋餘四十
弘治己酉八月望後
書于雙峨樓
長洲沈周

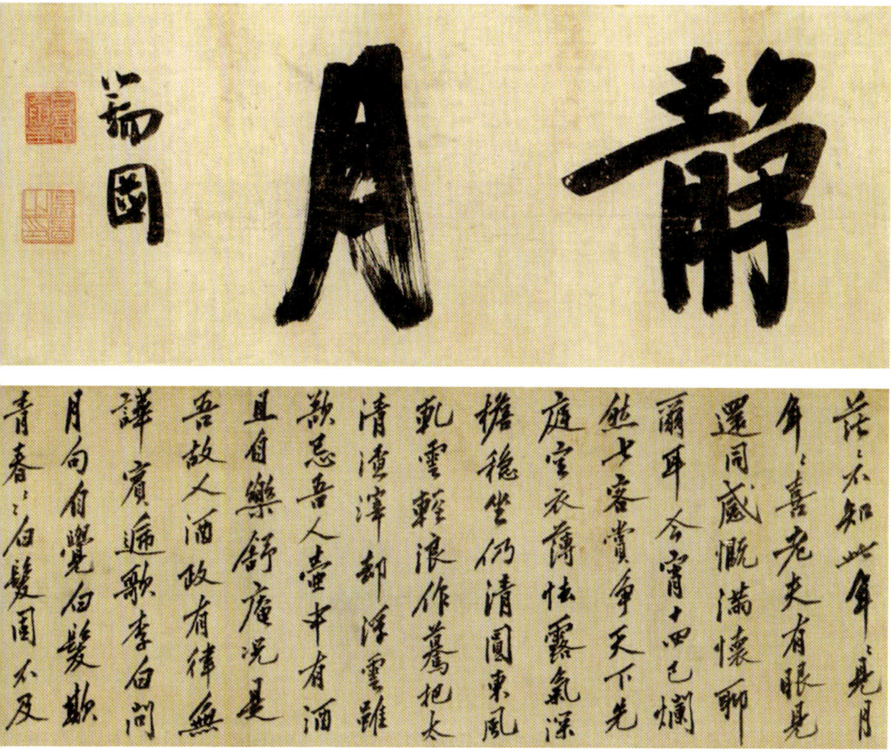

图4　沈周，《中秋诗》手卷，纸本水墨
台北故宫博物院藏

仁夫曾专门驾着一艘“东坡船”来邀请他前往心爱的虞山脚下泛月。从沈周“东坡新船高似屋，两舷开窗三十六”[10]的描述来看，此船规模不小，而“东坡”之名亦令人怀想翩翩。可惜，原本风雅的旅行，却因病所扰，未能成行。喜爱泛月的沈周为此颇为郁闷，只好以“枕前只作卧游人，亦有清华烂双目”[11]的幻想聊以自慰。当他躺在病榻之上，除了想象着乘坐“东坡船”赏月的场面，或许还会浮想起十三年前与父亲沈恒一同月夜泛舟的往事。

成化九年的七月十五日（1473 年 8 月 8 日），已经罹患中风两年的沈恒虽然还是不能顺畅行走，但已可在搀扶下出入家门。这天夜里，沈周邀请了自家附近的五到七位朋友一起陪父亲泛舟谷木川，共赏圆月。当晚，天朗气清，“水月浩然，照人如昼”，[12]众人在船上一边赏月，一边“烹鲜酾酒，捧觞屡进”，[13]竟连沈恒也“驯及微酣”。[14]沐浴在月华中，

图5 沈周（款），《十四夜月图》（局部）
手卷，纸本设色
美国波士顿美术馆藏

图6 沈周，《桃花书屋图》
立轴，纸本水墨
中国国家博物馆藏
这件作品是沈周为怀念亡弟沈召而绘制的。

沈周兴奋地作辞高歌，同行者们也纷纷“宛转齐口相和”。[15]如今，这首《泛月辞》虽已无法唱响，但其中“川之洄兮淡无风，月初出兮露横空。泛楼船兮川上，弄明月兮川中。鼓兰桨兮扬彼素波，光出没兮复见星河”[16]的曲词，读之依然令人沉浸其间。在这首歌的最后，沈周道出了筹划此行的心愿：“欢乐多兮百忧释，百忧释兮除疢疾。除疢疾兮安吾亲，忘岁年兮游无极。”[17]借着美好的月夜，沈周盼望父亲早日康复。

四年后，当成化十三年的中秋（1477 年 9 月 21 日）到来时，沈周却只能对着空中的圆月，挥泪怀念是年正月三十日（1477 年 2 月 13 日）刚刚辞世的父亲：“去岁中秋月，吾亲正在堂。今年亲不见，此月若无光。”[18]

“最是中秋好时节，悲怀难遣白头亲。”[19]成化十六年（1480），二妹沈庄又恰在中秋（9 月 18 日）前不久病逝，沈周在悲痛之余不免又想起了英年早逝的二弟沈召。（图 6）此时，他的弟妹五人已去世两位，尚且在世的三人与沈周自己亦是“聊存百病身”。[20]“眼中渐觉少故人，乘月夜游谁我嗔。”[21]经历了越来越多的生死离别，沈周也越发珍惜此后的每一个中秋。

无论是成化二十二年有竹庄里诸友数日赏月的流连，还是弘治二年在双峨寺中挑灯重抄旧作时对往事的怀念，纸笔缱绻间所流露的悲凉，背后蕴藏的其实都是暮年沈周对生活、对亲友、对时光的无比眷恋。晚年的又一个八月十五之夜，当他望着楼上熙攘的看月人群，却颇具意味地怜惜起无人观赏的十六夜月。然而，他知道，“看多看少月不知”[22]——即便是在寂寞的十六月夜，即便只有他一人举杯独酌，圆月也依然会高悬在夜空。此时的沈周已然释怀——若果真能向中秋之月赊得四十年光阴而得以度过百岁的人生，那一生中所度过的三万六千日，日日可见不同的月亮。唯有“笑吞三万六千月”，[23]方可“月亦长圆我长活”。[24]

注释

〔1〕 （明）沈周：《中秋赏月与浦汝正诸君同赋》，《石田诗选》卷一，收录于《沈周集》，上海：上海古籍出版社，2013年，第586页。

〔2〕 （明）沈周：《天全徐先生夜过》，《石田先生诗钞》卷一，收录于《沈周集》，上海：上海古籍出版社，2013年，第33页。

〔3〕 上揭文。

〔4〕 上揭《中秋赏月与浦汝正诸君同赋》。

〔5〕 （明）姚希孟：《先高祖贡士畸艇府君行述》，《棘门集》卷六，据明清閟全集本。

〔6〕 上揭《中秋赏月与浦汝正诸君同赋》。

〔7〕 上揭文。

〔8〕 上揭文。

〔9〕 （明）沈周：《中秋湖中玩月》，《石田诗选》卷一，收录于《沈周集》，上海：上海古籍出版社，2013年，第586页。

〔10〕 （明）沈周：《钱士弘以东坡船邀泛月病阻因答》，《石田先生诗钞》卷一，收录于《沈周集》，上海：上海古籍出版社，2013年，第70页。

〔11〕 上揭《中秋湖中玩月》。

〔12〕 （明）沈周：《泛月辞并序》，《石田先生诗钞》卷一，收录于《沈周集》，上海：上海古籍出版社，2013年，第37页。

〔13〕 上揭文。

〔14〕 上揭文。

〔15〕 上揭文。

〔16〕 上揭文。

〔17〕 上揭文。

〔18〕 （明）沈周：《中秋感怀》，《石田稿》，收录于《沈周集》，上海：上海古籍出版社，2013年，第425页。

〔19〕 （明）沈周：《中秋哭刘氏妹新卒追痛亡弟继南》，《石田稿》，收录于《沈周集》，上海：上海古籍出版社，2013年，第488页。

〔20〕 上揭文。

〔21〕 上揭《中秋赏月与浦汝正诸君同赋》。

〔22〕 （明）沈周：《十六夜看月长短句》，《石田稿》，收录于《沈周集》，上海：上海古籍出版社，2013年，第508页。

〔23〕 上揭文。

〔24〕 上揭文。

后记

本书的雏形，是我应吴中博物馆（现名吴文化博物馆）之邀，自 2020 年春天开始连续撰写的“跟着沈周逛江南”专栏。在那病毒肆虐、足不出户的日子里，研读沈周的诗文与书画，追随这个有趣的灵魂游走于熟悉而又陌生的江南，成为个人难忘的奇妙体验。

我很乐意与更多的朋友分享这种体验。无论您是否具有美术史的专业背景，或者您连沈周是谁都一无所知，我都热忱地欢迎您加入进来。因为，在疫情防控常态化的今天，也许只有这个沈周率领之下的“旅行团”能够始终“畅游无阻”。

在此，我要感谢吴中博物馆陈曾路馆长与茅天宸先生一直以来的信任、支持与包容。没有他们，这场神游或许难以成行。被他们的热情与敬业所感染，我有幸见证了一座博物馆的诞生。不过，沈周诗画中的江南之旅从这里启程，抑或更是一种必然。

这个位于澹台湖和京杭大运河畔的精美博物馆，从它所处交通要道的区位来看，天然便具备着“旅行”的基因。置身其中，眺望着古老的宝带桥与现代化的吴东快速路斜港大桥，视差鲜明。古今通衢交相辉映，旅人们在各自的时空中穿梭并行。

沈周亦曾经过这里——当他前往吴江寻访好友兼亲家的史鉴时，便应取道吴中博物馆门前。彼时的宝带桥，刚刚在周忱的主持下修缮一新。当成化十六年（1480）沈周在惠山脚下游历其祠堂时，或许亦能想起这位先贤修桥的功德。如今，一座玲珑剔透的博物馆屹立在宝带桥的对面，假使沈周再度经过此地，又会留下怎样的画作与诗篇？

在本书中，我试图通过沈周的所见、所闻、所思与所感来还原一个他眼中的江南。这一思路深受恩师尹吉男教授的启发。他对于杨士奇视觉之旅的侃侃而谈，令我每每聆听都望眼欲穿。感谢老师慷慨赐序，正是在尹先生的鼓励下，我随着沈先生越走越远。

刘涛先生始终关注并支持着专栏的写作，他的宝贵意见与精心题写的书名，都令拙作增色。

此外，还要感谢我的家人。在他们之中，既有书里每一篇文章的第一位读者，亦蕴藏着诱使身处北京的我持续写作的重要原因——对于江南故乡的思念。心思细腻的沈周一定会同情我，就像当年他在与吴宽、徐源等人相处时所表现的那样。

北京大学出版社的张丽娉女士在成书过程中付出甚多，对此我十分庆幸和感激。此外，还要感谢设计师曹文涛先生的巧思与耐心。

“聊以远梦寻丹丘”，[1]这是沈周的追求，也是我追随他的理由。唯愿本书的付梓，并非旅行的终休。欢迎更多的朋友，与我一同登舟，继续这场跨越五百余年时空的江南神游。

王瑀记于北京，时在壬寅端阳

注释

〔1〕 （明）沈周：《题画寄杨提学应宁》，《石田先生诗钞》卷四，收录于《沈周集》，上海：上海古籍出版社，2013年，第102页。

图书在版编目（CIP）数据

沈周诗画中的江南 / 王瑀著 ; 吴中博物馆编 . —北京 : 北京大学出版社 , 2022.7
ISBN 978-7-301-32995-5

Ⅰ . ①沈… Ⅱ . ①王… ②吴… Ⅲ . ①古典诗歌 – 诗歌欣赏 – 中国 – 明代②中国画 – 绘画评论 – 中国 – 明代Ⅳ . ① I207.22 ② J212.052

中国版本图书馆 CIP 数据核字 (2022) 第 071192 号

书　　名	沈周诗画中的江南 SHENZHOU SHIHUA ZHONG DE JIANGNAN
著作责任者	王瑀　著　　吴中博物馆　编
主　　编	陈曾路
执行主编	陈小玲
责任编辑	张丽娉　于海冰
特约编辑	茅天宸
书籍设计	曹文涛
标准书号	ISBN 978-7-301-32995-5
出版发行	北京大学出版社
地　　址	北京市海淀区成府路 205 号　100871
网　　址	http://www.pup.cn　新浪微博：@ 北京大学出版社　@ 阅读培文
电子邮箱	编辑部 pkupw@pup.cn　总编室 zpup@pup.cn
电　　话	邮购部 010-62752015　发行部 010-62750672　编辑部 010-62750883
印 刷 者	北京启航东方印刷有限公司
经 销 者	新华书店
	787 毫米 ×1092 毫米　32 开本　7.625 印张　110 千字
	2022 年 7 月第 1 版　2024 年 11月第 2 次印刷
定　　价	99.00 元